おいべっさん
と不思議な母子

轉學生的惡作劇

穿越時空找回勇氣的の
成長冒險旅程

喜多川泰 著

劉姿君 譯

來自江戶時代的智慧奇幻之旅

文／親子教養家、建中資深名師　陳美儒老師

「史郎同學，惠比神有鬼，這件事你聽說了嗎？」

這是本書開宗明義首章的第一句文字。

說到「鬼」，不論古今中外男女老少，對「它」是否真實存在，多少都充滿好奇與存疑。

不過以惠比神社「鬼魂」的出沒為「梗」，的確很輕易的就擄獲了讀者的視線與閱讀意念；也就此展開了一段穿越時空，「翻轉」了青少年成長與現實教育環境，甚至改變親子關係，開啟家庭內部重新溝通、協調的新「視界」。

故事的主角人物是一群正就讀國小六年級的學生，身為班級導師而同時也是單親爸爸的博史，其實一直苦惱於不知道如何跟剛上國三（九年級）青春期的女兒相處。

史郎同學的母親——惠子，是學校家長會副會長，史郎的外公則是位頗具身分地位的市議員，也許因為來自這樣的家世背景，再加上惠子向來對史郎這家中唯一男孩的極度呵護疼愛，更養成史郎在學校時的驕縱個性、對同學頤指氣使的習慣。

「連襪子都沒穿的赤腳曬得很黑，小腿肌肉緊實發達得令人不敢相信是小學生。不合身的褲子如五分褲般，感覺像是拿剪刀將大人卡奇褲剪短再反折，以皮帶束緊，在腰際形成許多皺摺，看起來像日本傳統男用褲。……」石場寅之助，這位開學突來的轉學生，以這番穿著打扮出現在博史面前時，博史因太過驚訝而當場立正，以為自己見到一個來自二次世界大戰的人，尤其是這位同學的髮型：不受控制的鬈曲長髮在腦後綁成一束，用來綁頭髮的東西不是橡皮筋而是「古代」的繩子。

開學典禮結束，回到教室，屬於博史六年三班的每個孩子，幾乎全圍繞著寅之助這個「怪胎」同學為話題。

第一天上課，簡單的自我介紹，就在寅之助正要在椅子上坐下的瞬間，椅子突然被抽走，以至於害他跌一大跤，甚至額頭當場血流如注。

轉學生寅之助來的頭一天，竟然就受了這麼嚴重的傷；頭上撞出一道傷口，在醫院裡縫了五針。身為導師的博史，心情既低落又慌張，想著不曉得要跟孩子的媽媽怎麼交待？

「身為一個母親，卻養出一個一輩子都沒有一道傷疤的兒子，這種丟臉的事我做不來。身上白白淨淨沒有一點傷疤的男人，等於是在昭告世人自己害怕受傷，遇事只會臨陣脫逃。」心底忐忑不安，面對寅之助的母親原以為會被責罵的博史，不只吃驚於寅之助母親的一身古老和服打扮，更大大震驚的聽到，一個被同學惡作劇而受傷的孩子的母親這樣的回應。

原來，寅之助這對母子因一場雷電，從江戶時代穿越時空「莫名其妙」的來到現代。

日本歷史中，在江戶幕府（德川家康時期）一六〇三至一八七六年統治下的兩百多年，全體居民分四個階級：武士、農民、手工業者與商人；提倡南宋朱熹的儒家學說，強調三綱五常，鼓勵男女受教育，所以極少有文盲。

比照「權貴子弟」史郎的母親惠子，在得知兒子跟寅之助打架後的叫跳、憤怒、各種「歇斯底里」的反應；究竟是古代人比較講理、文明、求禮，抑或是現代人反而喜歡一意以金錢、權勢來評比他人、咄咄逼人？

惠比神真有鬼魂嗎？寅之助跟他母親就是出沒無常的鬼魂？一切情節真是峰迴路轉，處處令人「驚艷」，引人入勝。

作者喜多川泰出身教育界，在台灣已出版過《從謊言開始的旅程》、《從謊言開始的夢想》；《轉學生的惡作劇：穿越時空找回勇氣的成長冒險旅程》則是他的最新力作。外表包裝的彷彿就是一部「神怪」小說，其實作者沿著小說筆法情節，主要是在探討現代家庭親子溝通的困境、青春兒女在同儕間競爭又求取認同的心理糾葛，期待在親師互動、師生之間，取得更圓融的美好架構。

自一九七八（民國六十七年）美儒以二十五歲青春美少女之姿，任教建中日間部以來，春風化雨，日月星移，歲月嬗遞，一晃眼已屆三十七年，三十七年來除了教授國文，更一直擔任班級導師。

熱愛教育，關懷青少年的成長，一直是我家庭生活之外的最主要重心，「健康、智慧、有愛心」，則是我對每個孩子的期待。

哲學家卡謬說：「請不要走在我前面，因為我不喜歡去跟隨；請不要走在我後面，因為我不愛充領導；我只期盼，請與我同行。」多希望，透過此書，透過卡謬的這段話，能使我們不分老幼，對生命，永遠充滿希望與勇氣。

序幕

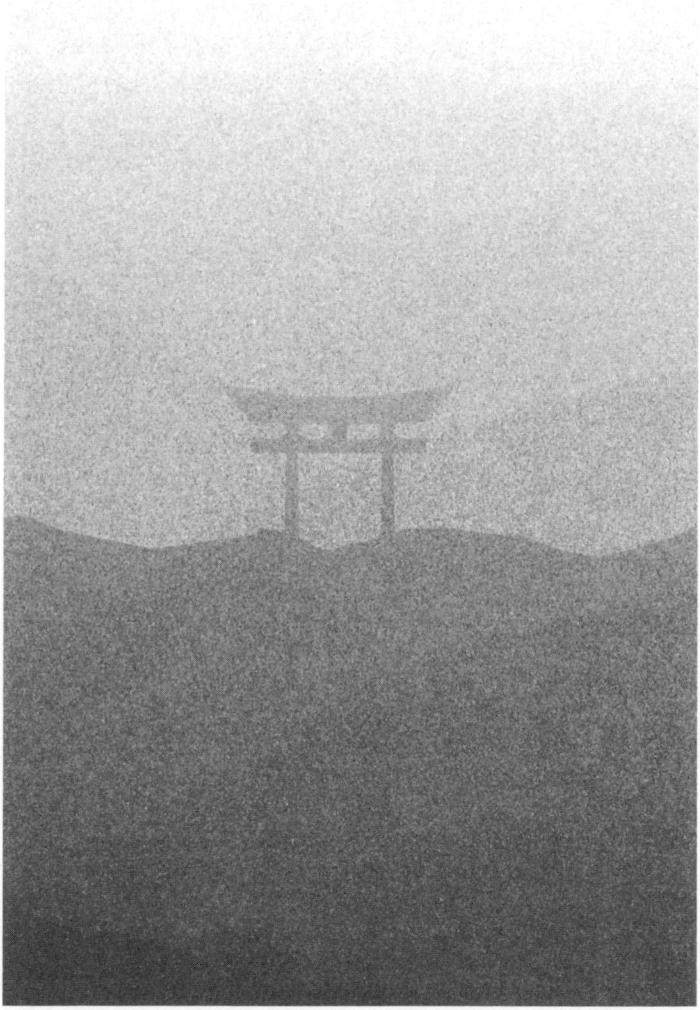

「史郎同學，惠比神有鬼，這件事你聽說了嗎？」

朝陽下，黑岩史郎走在開了一半的櫻花行道樹下，赤木健一從後面趕上來，以這句問話代替了招呼。

「哦，聽說了。你看到了？」

史郎把雙肩背的書包從肩上拿下來，邊揚下巴邊遞給健一。意思是你來背。健一連忙接過書包，雙手穿過背帶，把書包掛在胸前。於是他的身體被兩個黑色的小學生書包前後包夾。

「沒有。我沒看到，可是聽說信二的哥哥看到了。」

史郎邊走邊踢裝有白色營養午餐工作服的袋子。

還以為他在想什麼，只見他回頭對健一說：

「吶，今天我們去看看吧。放學後，到惠比神集合！」

「……知道了。可是，我想一定什麼都沒有。春假大家就開始這樣傳，我去看了好幾次，結果什麼都沒有。」

「有沒有鬼不重要。問題是那裡是我們的地盤耶。要是大家都聽說有鬼跑來看，我們的院子可能會被搶走啊。」

其實，惠比神正好位於兩所小學學區邊界。兩所小學的孩童都會在這裡聚集，有時候會互搶場地。

健一擺出一個無奈的姿勢。

「一放學，就用跑的集合。」

史郎再次叮嚀。

健一朝著史郎的背影想說話，卻什麼也說不出來。

那個地方，是佔地僅約一個網球場左右的小公園，南側只有三件老舊的遊樂器材——生鏽的單槓、溜滑梯、唧唧作響的鞦韆。這就是被大家稱作「惠比神」的地方。

西側孤伶伶地佇立著一個又老又小的神社般的建築，正是這個地方的名稱由來，但誰也沒放在心上。

「那裡就是惠比神。」

當別人這樣告訴我們，從這一刻起，我們也開始稱之為「惠比神」。每個人都是這樣。

春假期間，大家很少有機會聚在一起，但學期中，放學後在惠比神集合玩到天黑，這是史郎他們五年級時每天的慣例。

然而，這個春假期間，健一開始補習了。

早上出門時，

「今天要補習，一放學就要馬上回來哦。」

母親寬子這樣叮嚀，健一雖然記得，卻不敢把這件事告訴史郎。

健一已經看過好幾個同學因為惹史郎不高興，於是在班上被孤立，學校從此成為「苦行」之地。

「我才不要變成那樣。」

回家以後一定會被媽媽罵，但把被媽媽罵和在學校被大家當空氣放在天秤上量一量，挨幾句罵根本不算什麼。

回到家，

「今天去補習了嗎？」

就算媽媽這麼質問，

「不小心忘了。」

只要這麼說，今天應該可以混過去吧。

升上六年級的第一天，健一的心情就很沉重。

他把下巴擱在胸前史郎的書包上，嘆了一口氣。

清朗的陽光下，櫻花搖曳生姿，與健一的心情正好形成對比。

六年三班的新同學

日高博史看著前一天從學校帶回來他所負責的六年三班的點名簿，一邊啃著吐司。

在青柳信二、赤木健一等熟悉的名字底下，發現了一個陌生的名字。

「石場寅之助……。轉學生啊……」

博史服務的小學，五年級升六年級不重新編班。因此新學年獨特的緊張感在博史心中沒有那麼強烈。

博史為了使自己缺乏緊張感的心有所警惕，挺直了背脊，重新看了一次轉學生的名字之後，又再次將點名簿的名字從頭到尾確認一遍。

「一個新同學啊……」

耳中聽到女兒七海下樓的聲音。博史主動招呼：

「早啊。」

七海沒有回應。

「要出門了？」

七海穿過客廳，走向玄關。

「喂，好歹吃過早飯再去。這是奶奶特地為我們做的。」

「我不要吃。我來不及了。」

說完，只聽她急忙穿鞋的聲音，反手關門就出去了。

七海出門之後，家裡像暴風雨過後般寧靜。

「真是的……」

博史不知道該如何和升上國三的青春期女兒相處。

若是她母親在，也許狀況會有所不同。博史三年前離了婚，當時七海念小六。也是上班族的妻子說光是和博史在一起就感到窒息，不想待在家裡，這樣的時期持續了一陣子，最後終於提出離婚，但其實當時妻子在職場上已經有了對象，事後博史聽說她一離婚便搬進那個對象家裡。

因為這個緣故，獨生女七海留在了博史身邊，但那正是七海最多愁善感的時期。她心裡受的創傷一定很深。對此，博史深感歉疚。同時，平日他便覺得自己的教師身分，可能也對女兒的行動和態度造成了許多限制。

因為離婚，博史搬離了住慣了的地方，搬來和母親信子同住。那裡並不是博史原本生活的家，而是外婆家，但對經常不在家的博史而言，一方面有人幫忙照顧七海令人安心，另一方面也不放心高齡的母親獨居，所以事情很快就決定了。

於是，今年是博史在目前的小學任教的第三年。

「我對不起七海。」

越是這樣想，越是不敢嚴格管教女兒。

想教訓幾句時，七海刺人般瞪著博史的眼神，甚至令博史感到她在責備自己：

「你以為是誰害我變成這樣的？」

每次看到她那種眼神，想到曾經那麼溫柔善良的女兒竟會變成這樣，便不禁感到自責。

博史嘆了一口氣，啜飲咖啡。

靜悄悄的客廳後面房間傳來了哼哼唱唱的聲音。博史的母親信子，非常難得的在化妝。

「我要去看戲呢。好久沒看了，好期待呀。」

信子說著，心情一反往常好極了。

平常信子都待在家裡，代替七海的母親負責所有家事，平日的娛樂也只有傍晚重播的時代劇。所以雖然不知道母親要去看什麼戲，但偶爾這樣出去外面喘口氣，博史的心情也為之一鬆。

博史看了看表。

「喔，我得走了。媽，門窗麻煩妳關一下喔。」

博史邊站起來邊向後面高聲說。

「好、好，我知道。」

信子盯著鏡子，邊化妝邊答。

博史將點名簿收進公事包，穿上外套。

今天是個適合新學期的好天氣。窗外，開了一半的櫻花正隨著春風起舞。

「日高老師，請到校長室。」

在教職員辦公室整理重新分配的辦公桌時，又高又瘦的教務主任佐佐木雙手背在身後，從博史頭頂探頭過來說。

「啊，好的。我知道了。」

博史立刻起身走向校長室。

校長室就在教職員辦公室隔壁，中間有一扇門相通，但那扇門只有校長和教務主任可以走。這是上一個學校沒有的不成文規定，但也沒辦法。博史先走出辦公室，經過走廊，敲了敲校長室的門。

「請進。」

中川校長那與他圓滾滾體型不符的尖銳聲音響起。

「打擾了。」

博史大聲說了之後，打開門。

坐在沙發上的校長中川映入眼簾。

等門大開，便看到一個少年與一位老人隔著茶几坐在對面的黑色皮沙發上。

兩人站起來打招呼，中川也連忙跟著站起來。

看到那個少年的模樣，博史倒抽一口氣。

「這……這是……」

博史因為太過驚訝，連打招呼都忘了，當場呆立。

可能是沒有帶室內便鞋來吧，少年穿著學校來賓用的拖鞋。

連襪子都沒穿的赤腳曬得很黑，小腿肌肉緊實發達得令人不敢相信是小學生。

不合身的褲子如五分褲般，感覺像是拿剪刀將人人穿的卡其褲剪短再反折，以皮帶束緊，在腰際形成了許多縐折。看起來也像日本傳統男用褲。褪了色的T恤都拉長變形了，舊得看不出本來是白色還是米色。這大概也是大人的吧。尺寸不對。

「簡直就像從二戰後的世界來的……」

這是博史的第一印象，但犀利的眼神、端正的長相強調了這名如仁王像般挺立著的孩子非比尋常的氣質。

最具特徵之處是他的髮型，不受控制的鬈曲長髮在腦後綁成一束。用來綁頭髮的東西看似繩子，而非橡皮筋。

「日高老師。這是今天要加入日高老師班上的石場寅之助同學。」

介紹完畢時，這名少年緩緩將身體轉向博史，視線確實注視後，略略朝下，慢慢行了一禮。

這一連串的動作美得令博史看出了神，他驀地回過神來。

因為事出突然，反而是博史慌了。

「啊，寅之助同學，你好。我是級任導師日高。」

這幾句招呼慌張得令人感覺不到一絲老師的威嚴，博史內心大感羞愧，差點就要噴出聲。

即使如此，在校長室、而且是校長也在場的情況下介紹轉學生，這還是博史執教頭一次。

「他的母親很忙沒辦法來，所以由我帶他來。」

站在少年身旁的高個老人發出低沉的聲音。從氣氛看得出這位老人正是少年獲得特別待遇的原因。

「這位是寅之助同學的監護人之一，根來先生。」

看似一臉緊張的校長補充說明。博史雖想不出這位老人是誰，但他對這個老人有印象。也許曾經在哪裡見過……。

「敝姓根來。這孩子就麻煩老師多關照了。」

這位體格結實的老人深深行了一禮。

抬起頭之後，老人面向校長說：

「中川老師，那麼我就此告辭。」

校長挺直背脊，有禮地行禮，邊說：

「謝謝您特地前來。請代我們向寅之助同學的母親問好。」

這位姓根來的老人，不等校長說完，便已邁步走向出口。

他在門口回過頭來，對寅之助露出笑容。

寅之助也報以笑容，緩緩點頭。

在門碰的一聲關上同時，一臉解除緊張的中川朝寅之助瞥了一眼，對博史下了道指示：

「開學典禮就要開始了。請帶這孩子一起前往體育館。」

「好的。」

博史回答。

「那麼，寅之助同學，跟老師一起來。我們到體育館去吧。」

寅之助點了一下頭，跟在博史身後離開了校長室。

大人穿的拖鞋在走廊上啪嗒啪嗒作響。

「實在穿不慣。」

才說完，寅之助便脫下拖鞋插進腰間。

「這樣才好。」

自言自語般說完，便光著腳愉快地邁開腳步。

博史本來想說點什麼，卻因為太過突然，不知該說什麼才好，只是看著寅之助。看到寅之助邊發出啪啪腳步聲，臉上笑咪咪的表情，他就什麼都不好意思說了。

博史的心情很複雜。

五年三班從去年便問題不斷，在那群學生裡加進這個學生會有什麼變化？若樂觀地想，也許能意外地相處融洽。

另一方面，卻也擔心他無法順利融入班上。

「五年級打電話來的家長，幾乎都是日高先生班上的。」

教務主任時不時都要這樣叨念，而這個班上又要多一個性鮮明的學生了。

博史再次偷眼看笑咪咪地走在身旁這個嬌小而穿著特異的少年。

寅之助發覺了博史的視線，並沒有放慢腳步，看著前方便問：

「敢問我可有何奇特之處？」

「沒有……只是，明天起別忘了帶室內便鞋來哦。」

博史維持著笑容這麼說。

寅之助嗤地一笑。

「所謂的室內便鞋，便是老師腳上所穿的那鞋嗎？不巧我沒有此物。明日也將赤腳前來。由衷感謝老師關懷。」

寅之助古人般的說話方式害博史差點笑出來。

「真是個怪人。」

心裡這麼想，但忍住了沒說。

所有的學生都已經在體育館裡排好隊。

博史將寅之助帶到轉學生排的最後一排。

「你先待在這裡。開學典禮後，我會把你介紹給同學，你先想想要說什麼。」

博史這樣告訴寅之助，然後走到學生隊列前端，邊要他們排好隊，警告幾個講話的孩子，邊走到班級隊伍的最後就定位。

學生們的視線投向寅之助。

黑岩史郎回頭，跟排在他後面的青柳信二說話。

「信二，你看看那個。那是不是轉到我們班的？」

「哦，好像是。他是怎樣啊。」

兩人對寅之助異樣的穿著笑出來。

「頭髮還留長綁起來耶。跟女的一樣。」

史郎右手背貼著左臉頰，做出女生的姿勢。

看到他這樣，信二大笑。

「而且他穿的衣服……那什麼東西啊。」

明知看來怪異，但兩人沒有足夠的語言能力來表達。所以互相說著：

「那什麼東西啊！」

在那裡竊笑。

博史從隊伍後面感覺到孩子們的氣氛。

黑岩史郎和青柳信二正看著轉學生寅之助取笑。身為級任導師，不可能沒發現。話雖如此，卻不能光憑想像便如此認定。就算博史的直覺應驗——

「我們在講完全無關的另一件事。」

如果他們這樣講，話就接不下去了。當然也就無法教訓他們：

「不要以穿著外表來評斷一個人！」

「真是前途多難啊……」

博史心中咕噥。

開學典禮感覺比以往更長。

開學典禮結束，回到教室後，六年三班全班談論都是轉學生的話題。

或許是前所未見的穿著打扮令人印象太過深刻，加入這個話題的人，無不異口同聲地說轉學生是怪人。

不久，寅之助便由博史帶著，與鐘聲幾乎同時進入教室。

博史對吵鬧的孩子們下達指示：

「先行禮。值日生喊口令……」

他指指事先寫在黑板上的名字。值日生是學號一號的青柳信二。

「起立。敬禮。」

隨著口令，口齒不清、拖拖拉拉的「老師好」在教室響起。

「坐下。」

看孩子們都就座後，博史開始說話：

「今天起是新年度。六年級也由老師擔任大家的級任導師。然後，我們多了一個新同學。他的名字叫作……」

博史在黑板正中央以粉筆寫下學生的名字。

「石場寅之助同學。」

靜悄悄的教室裡充滿了不妙的緊張感。

「那麼，你自我介紹一下吧。」

博史以眼神向寅之助示意。寅之助微微一點頭，正面面向同學。

「我名叫石場寅之助。乃此地之新參者，有許多不明白之處，今後還請諸位多多指教。」

寅之助深深鞠躬時，教室像潑過水一樣鴉雀無聲，但史郎一句：

「講話好好笑。」

說出來，整個教室便哄然大笑。

博史也只能苦笑，但在哈哈大笑的學生當中，黑岩史郎和赤木健一與青柳信二交換了別有意味的視線，他都看在眼裡。

「好了好了，大家都笑夠了吧。會吵到隔壁班的。寅之助頭一次來到我們學校，一定有很多不明白的地方，希望大家溫暖地接納新同學。」

博史盡力做出最燦爛的笑容，懷著希望這麼說，然後指著靠窗從前面數來第三個位子。

「那裡就是寅之助的座位。好了，去坐好。」

若在平常，他會空出時間來讓同學發問，但今天怕話題朝意外的方向失去控制，所以略過了這段時間，要寅之助就座。

寅之助朝座位走過去。大家的視線都還集中在寅之助身上。博史只好拍拍手，引起同學們的注意。

「好了好了，老師知道大家對寅之助非常感興趣，但請先好好看著老師，聽老師說話。」

「老師，石場同學是從哪裡來的？」

史郎舉手的同時就開口發問。

「這些問題嘛，從今天起大家就是同學了，隨時都可以問他本人。」

其實，博史也不知道寅之助是從哪裡轉來的。所以只能這樣回答。要讓比平常更吵鬧的教室安靜下來，花了博史不少時間。

「真不知道會怎麼樣……」

他暗自小小的嘆了一口氣。

看赤腳的寅之助走到自己的座位，博史便回頭面向黑板，開始擦掉自己寫的寅之助的名字。

那一瞬間，卡啦卡啦咚鏘——！的巨大聲響響徹了整個教室，同時哄堂大笑再度響起。

「怎麼回事！」

一回頭，博史眼中看到的就是跌坐在地上的寅之助。

看來是正要在椅子上坐下的那一瞬間，椅子被抽走以至於向後跌倒。坐在後面的井上秀吾漲紅了臉，非常慌張。多半是沒想到會跌得這麼誇張吧。

「秀吾！你也太過分了。」

史郎取笑般大聲說，與此同時，寅之助一躍而起，瞪了坐在後面的秀吾一眼。

「可是你下的手？」

秀吾連忙搖頭，但被全班排山倒海而來的「秀吾～」喊聲壓住，什麼話都說不出來。

看到坐在寅之助隔壁的伊東萌突然站起來，拿自己的手帕按住寅之助的頭，班上的吵鬧一齊停頓，在一瞬靜默之後，嘩然之聲又一波波響起。

「老師，寅之助同學受傷了。」

萌手中的白手帕轉眼就被染紅了。仔細一看，寅之助的T恤肩部，以及教室的地板上也有血滴。

因為血沒有止住的樣子，一開始在笑的孩子們也開始不安了。

博史正要喊「健康股長！」卻立即住口。

今天是新學期的開始，還沒有選班級幹部。

「萌，妳帶寅之助到保健室去。」

萌一語不發，點點頭，伸手要牽比自己矮的寅之助的手。

寅之助甩開她的手，

「不必擔心。我自己能走。」

他冷冷地這麼說，揚揚下巴。意思是說，我會跟在妳後面走，妳帶路吧。

目送兩人離開教室，博史對秀吾說：

「秀吾，等一下來找老師。」

井上秀吾只是漲紅了臉，一直低著頭。

每個人都低著頭，但其中，黑岩史郎、青柳信二、赤木健一幾個眼中泛著笑意，彼此交換視線，忍著笑。

博史感到怒氣直衝腦門。

「你們聽好。大家一起來想一想。假如是你們從這所學校轉學，必須轉到一所誰都不認識的學校，第一天就發生這種事，被大家取笑，被同學抽走椅子，你們會有什麼感覺……」

博史的語氣自然而然嚴厲起來。

新學年的第一天竟然必須講這些話，博史心情很沉重。自己的話他們究竟會聽進去多少？

看孩子們的表情，就知道他們不是在反省，而是因為在挨罵，所以便條件反射般露出「必須要裝出這種表情」的神情。

越是告訴自己不能生氣，越是控制不了情緒。

結果，接下來大約一個小時，變成像在開班會，說好等寅之助回來，就大家一起道歉，再另行舉辦歡迎會。

「日高老師，請到校長室。」

有如今天早上的場景重演，教務主任佐佐木從同一個位置以同樣的語調對博史這麼說。

一定是要求他針對今天早上教室發生的事加以說明吧。

也難怪。這是最近很罕見的流血大事。

結果，保健室老師說傷口最好要縫，將寅之助帶到附近的醫院，縫了五針。

據保健室的山岸老師說，血流得很多是因為受傷的部位緣故，傷勢雖然不算嚴重，但傷口部分恐怕會留疤。

換句話說，那個部分以後長不出毛髮。意思是，會「禿」一塊。

博史下意識地伸手摸摸自己的左眉。

那是小時候受的傷，在左眉留下了傷疤，只有那裡長不出眉毛。記得那時候也是縫了五針。

博史開始胃痛。

寅之助來的頭一天，竟然就受了這麼嚴重的傷。

學生名冊上，電話號碼旁寫的是「根來太郎先生」。家長的名字是石場妙。沒有父親的名字，所以是單親家庭嗎？

今天早上帶寅之助來的，是根來太郎這位老人。博史本以為石場妙是他女兒，但看來似乎不是。

他是從剛才打的那通電話感覺出來的。

寅之助的母親不在，接電話的是根來老先生，不過根來對於她不在這一點，是以：

「寅之助的母親大人，今天因為工作無法回來。」表達的。

如果是自己的女兒，應該不會這麼說。

無論如何，博史都還沒見過寅之助的母親，頭一次見面就要謝罪，這個新學年的開始實在是倒楣透了。

醫院的醫生應該已經告訴寅之助他頭上的傷口多半會留一輩子了。

如果是下課時間也就罷了，在上課中「老師沒看到時」發生的意外，即使被說是督導不周也不足為奇。

博史拿著點名簿，拖著沉重的身軀站起來。

來到走廊，敲了校長室的門，聽到佐佐木教務主任的聲音說「請進」。

看來佐佐木配合著博史的移動，也透過那扇直達的門來到了校長室。

一進去，中川校長正煩躁地來回走動。

「日高老師，新學年一開始，你就給我搞出這種事。」

博史只能低頭道歉。

「真的很抱歉。」

「真是的，如果是體育課還有話說，一般上課時間竟發生流血意外，這可是我當校長以來頭一次遇到。而且發生在眼前的事你竟然沒看到？」

「……真的很抱歉。」

「那，同學們和好了嗎？」

「這……」

「怎麼了？」

「不知道是誰做的。」

「怎麼會有這種事！這樣叫受傷的那一方怎麼接受？」

「我把坐在後面的井上秀吾叫來問話，他哭著堅持說不是他。我問他那是誰，他說他不知道。只說一回過神來寅之助就跌倒了……」

中川向佐佐木使了一個眼色。

佐佐木報以一個「無奈」的姿勢。

「那麼，日高老師，你打電話給石場同學的母親了嗎？」

佐佐木刺人的低沉話聲從上方落下。

「打過了，可是他母親不在家，今天前來的根來先生要我明天再打……」

「是根來先生這麼說的是吧。」

中川確認。

「是的。」

「日高老師，既然今天不在，那明天放學後就一定要去道歉。請你務必記得明天也要穿西裝來。我看，你現在這套也還可以。」

佐佐木看了一眼，確認西裝還算平整之後這麼說。

「我知道了。」

「千萬別再發生上次那種狀況……」

佐佐木所說的「上次那種狀況」，指的是去年發生的事。

班上同學打架。

看到孩子帶著瘀青回家，母親打電話到學校。結果在班上造成集體霸凌，實際上的行為是把人當空氣，但就是發生了霸凌。

為此去謝罪的時候，博史雖穿著西裝前去，但鞋子是一般的運動鞋。

「穿西裝配亞瑟士？哼！學校的老師還真沒常識。」

臨走之際，學生的父親邊關門邊丟下這句話，讓他和教務主任一起在門口深深鞠躬。

說起來的確是很奇怪的組合，但習慣真是可怕，在被指出來之前，連自己都不覺得有什麼不妥。

就拿眼前來說好了，今天的開學典禮幾乎所有的男老師都穿了西裝，但腳上穿的都是可以穿進體育館的運動鞋，上班時為了配合西裝特地穿皮鞋的老師，就只有博史一個。大家都是「西裝配亞瑟士」。

明明以前完全不以為意，現在這樣的組合被貼上「沒常識的老師」的標籤，讓他覺得很丟臉。

「我知道。我今天也是穿皮鞋來的。」

「這種小事不重要。」

中川說，毫不掩飾他的暴躁。

「反正，你明天一早就再打一次電話，安排好放學後去拜訪。」

「是。」

博史無力地回答。

「我回來了……」

夕陽斜照的昏暗屋裡，沒有人的動靜。

平常應該在準備晚餐的母親信子去看戲了，看樣子還沒回來。

女兒七海也不在。

看她的制服披在餐桌的椅子上，可見她回來過。一定是去補習了吧。博史想起之前看過的通知，說國三後補習的時間有所更改。

用衣架把明天也要穿的西裝掛起來，掛在衣櫥門把上後，便去冰箱裡取出發泡酒喝。

痛快地喝了一大口，「噗～～」地呼了一口氣，把罐子放在餐桌上。

桌上有信子的留言：「今天晚餐自己吃」。

今天是漫長的一天，但明天恐怕會更漫長。

這樣的日子，就是不要胡思亂想。

博史打開電視，播放錄好的搞笑節目。

螢幕中，演出的是在孩子間正走紅的一招走天下搞笑藝人，上半身打赤膊，正在胡鬧不休。

「再過不到兩個月，就沒人會模仿了。」

小學生開始模仿，就表示這個搞笑藝人的風潮結束了。博史根據經驗這麼想。

博史沒有食欲，一屁股坐在沙發上。

疊衣服、打掃等等，該做的事很多，他卻什麼勁兒都提不起來。

即使如此，在醉得動不了之前，一定要把七海的晚餐準備好。他也考慮過自己做，但材料不夠。要去買也嫌麻煩，於是便發了簡訊給母親信子：

「回來時，請幫忙買七海的晚飯。」

「反正，要是說是自己做的，到頭來也是得到冷冷的一句『我不吃』。」

博史替自己找藉口。

石場妙

「日高老師，一號外線有你的電話。」

佐佐木的聲音在背後響起，嚇得博史差一點跳起來。

「好、好的。」

佐佐木細瘦的身體彎下來，把臉湊過來，在博史耳邊低聲說：

「說是要談昨天的事。」

博史心想「糟了」。

他正想為昨天的事打電話。對方卻以毫厘之差搶先一步打來。

「我正想打電話過去。」

就算這句話是事實，博史也很清楚聽在對方耳中有多麼不誠懇。

這毫厘之差，造成的印象好壞有天壤之別。

佐佐木的眼神以「你還沒打電話嗎？」責怪博史。

博史拿起自己桌上的電話聽筒，做了一個大大的深呼吸，然後按下閃著紅光的外線按鍵。

「對不起讓您久等了。早安。我是導師日高。」

「早安，日高先生。我是黑岩。」

來電的，不是寅之助的母親，而是黑岩史郎的母親。博史雖略感意外，仍提高警覺。

一年前，當上史郎五年級的級任導師時，博史便被校長中川特地交代，千萬不能與黑岩家發生任何問題。過去擔任級任的同事也別有意味地對他說：「要好好幹哦！」拍了拍他的肩。

黑岩史郎的母親，黑岩惠子，是家長會的副會長。而且她的父親，也就是史郎的外祖父，是市議員鈴木春男。

總而言之，就是一個絕對招惹不起的人。博史以為自己不會搞出那種差錯，但連假一過，在剛開始，便失去了惠子的信賴。

黃金週剛過的第一堂課，為了準備六月第一週的運動會，班上要選出接力賽的選手。

每班選出男女各一名選手。接力賽是運動會最後壓軸，也是最出鋒頭的場面。

博史利用連假後的第一堂體育課，選出班上跑得最快的兩個同學。然而這一天，黑岩史郎請假沒來上學。理由是「旅行」。

據說是因為父親工作的關係，無法在連假期間內休假，因此家族旅行便改到孩子必須上學的平日。

校方也不能禁止學生去，便視為學生自己的責任接受請假。

然而，旅行一回來黑岩惠子立刻就打電話來，說是：

「有學生請假沒來上學，卻在此時選接力賽的選手，未免太奇怪了。」

博史解釋，連假前便已向同學宣布要在這一天選，而且要把已經選上的同學換掉太可憐，所以事先就和同學說過，不會重新選，但惠子就是不接受。

她的說法是，這麼重要的事，怎麼沒有轉告家長。

「要是知道有這件事，我就會另行安排旅行的日程。我們家史郎連續四年都被選為接力賽的選手，而且他也應該是班上跑得最快的。」

她這麼說，不肯退讓。

「而且，比我們家孩子跑得慢的同學當代表，要是他被追過去，大家就會在背地裡說，其實明明就是史郎比較快，如果是史郎就不會被追過去，這樣豈不是害那個同學被人家說壞話嗎？考慮到這一點，還是應該讓跑得最快的同學參加接力賽才對不是嗎？」

「你沒有考慮過那些明明跑得比較慢卻被選上的同學的壓力和心虛嗎……」等等，滔滔不絕地搬出種種理由。

結果是，「跟你根本說不通」，還跑去找佐佐木教務主任。

主任也委婉地說過好幾次：

「重新選如何？」

即使如此，

「已經和同學說好了。」

博史沒有讓步。

運動會當天，接力賽由博史班上的兩個同學精彩超越別隊的同學，幫隊上拿下第一名。被選上的兩個同學，一躍成為英雄與女英雄，運動會成功落幕，但……

從此之後，惠子動不動就打電話到學校。

而且幾乎都是對博史百般挑剔。

與其說是基於惠子一貫的教育理念，不如說只是針對博史。

「日高老師的風評很差。媽媽們大家都說，要是編到別班就好了。」

她甚至曾經在電話裡直接對博史這麼說。

這一天也是一聽到黑岩這個姓，博史就很慎重。

「黑岩太太早安。請問有什麼事？」

「關於昨天的事，我想向老師請教一下。」

「您指的是？」

「我聽史郎說，班上來了一個轉學生，受傷了。」

「是的。」

「我聽說傷勢很嚴重，想說不知道要不要緊。」

博史以為她純粹只是擔心，稍稍鬆了一口氣。

「是的，是縫了幾針，傷勢本身不算嚴重，醫生說，只要傷口合起來，很快就會痊癒。」

「是嗎？」

博史發現，惠子的聲調帶有微妙的怒氣。

「那，意外是上課中，在老師眼前發生的吧。」

來了。

儘管早就料到了，博史卻毫無招架之力。

「是的。這一點真的是我督導不周，非常抱歉……」

「身為一個把孩子託付給學校老師的母親，知道老師明明在，卻發生這樣的事情，怎麼能放心讓孩子上學呢……」

「是，真的非常抱歉。」

博史壓下心頭的種種想法，朝著電話行禮。

「再說，您現在說是您的責任，但事發之後，聽說您花了好長的時間，給孩子們訓話，要他們反省不是嗎？不是訓那個實際害別人受傷的孩子，而是對無關的所有孩子……」

博史覺得惠子的聲音變遠了。

無論如何向這個人解釋，她也不可能會理解的。

一這麼想，博史連向她解釋的力氣都沒了。

朝教職員辦公室前方看，佐佐木主任正朝著另一通電話邊行禮邊道歉。

視線與博史對上的佐佐木以手勢問他能不能來接，博史一臉苦相地手指交叉比了一個X。

「這邊掛不掉。」

和主任通電話的人，一定是寅之助的母親。

真是個時機差得不能再差的早上。

「以後，我會細心指導，不讓同樣的事情再發生。」

感覺好像另一個自己正冷靜地看著不斷重複說著同樣的話的自己。

即使如此，他也只能這麼說。

他也只能一個勁兒道歉，直到對方滿意為止。

「真的很抱歉，黑岩太太。上課的時間快到了……」

博史看了一下時鐘這麼回應，惠子似乎才滿意了。

「好吧。那麼先這樣……」

說著，掛了電話。

還沒完嗎……一這麼想，就感到無比厭煩。

佐佐木立刻靠過來，告訴他剛才那通電話的內容。

「是寅之助同學的母親打來的。表示不敢特地勞動老師，她會過來拜訪。放學後她會來學校。還有，今天寅之助同學要請假。」

「好的，我知道了。」

一想到放學後，博史心情就很沉重。

「日高老師，石場太太已經到了。」

放學後，博史才剛回到辦公室，佐佐木低沉的聲音便從身後響起。

「好的。我馬上過去。」

博史整整領帶，脫下運動鞋，換穿校內用的皮鞋。然後匆匆繞到走廊，敲了校長室的門。

「請進。」

中川顯得緊張的聲音回應。

「打擾了。」

略低著頭開了門，走進去一步，窺看裡面的情況。

本來淺淺坐在客用黑沙發上的女性站了起來。

坐在對面的中川也跟著站起來。

「這一位是寅之助同學的母親。」

「我是石場妙。請多指教。」

她沉穩地行禮，博史也跟著低頭行禮。

令人吃驚的是，她穿著和服。但臉上卻沒有化妝的樣子。她身上的和服也不華麗，像是家居服般色調柔和，仔細一看，已經褪了色，而且很多地方都有破損縫補的痕跡。顯然不是為了刻意打扮才這麼穿的。

「我和教務主任有很多事想請教，不過石場太太說無論如何都想和日高老師談談……」

中川和佐佐木互看一眼，一副難以啟齒的樣子。

看這個樣子，一定是吃了閉門羹，被石場妙說我和你們無話可說了。

「我是想和日高老師兩個人單獨談才來的。」

石場妙打斷中川的話這麼說。

博史困惑地看看中川，又看看佐佐木。

「石場太太是這樣的意思，所以我們就在隔壁，兩位談完了請招呼我們一聲。」

中川這麼說，佐佐木也很快地行了一禮，兩人便迅速消失在隔壁的辦公室了。

「碰！」

隨著這一聲關門聲，博史與妙就被留在校長室裡面對面站著。不知是不是多心，博史覺得校長室裡的溫度很低。

「啊，您先請坐。」

博史伸手指指沙發。

「那麼，我就不客氣了。」

妙和剛才一樣，以端正的姿勢淺淺坐在沙發上。

博史在她對面坐下。覺得坐的位置好像太深，便重新調整位子，坐得淺一點，挺直了背脊。

頓了一頓，

「昨天……」

「昨兒個……」

博史與妙同時發話。

博史停下來，妙卻毫不在意，繼續說道：

「……本來應該由我來拜會老師的，卻因為有事，讓小犬寅之助與根來大人獨自前來，委實萬分抱歉。

小犬頑劣，日高老師與諸位老師仍肯無償教導，我母子倆衷心感謝。今後也請老師多多關照。」

妙垂著眼打完招呼，深深行了一禮。

不知對方會如何責備的博史全神戒備，一時之間不明白發生了什麼事，意外之下，只能看著她。

「這是一點小心意。不知道合不合您的胃口，還請您笑納。」

妙解開放在茶几上的包袱，將大大的葉子包起來的東西遞過來。

「這是？」

博史勉強擠出聲音。

「荻餅。今兒早上做的。今後還請老師多多關照。」

博史不知該如何反應，反而提高警覺。不能保證她接下來不會態度驟變，責怪昨天的事。

「我已經盡了我的責任。所以，你也該盡你的責任。」先強調自己沒有錯之後再責備別人的這種人，的確存在。在對方提到那個話題前，必須主動謝罪才行。

博史連忙端正姿勢。

「石場太太。昨天真的非常抱歉。在我沒注意到的時候，讓寅之助受了傷……」

妙露出不解的表情。

「受傷？小犬受了傷……」

「您不知道嗎？」

博史一臉意外地看著妙。

「頭上撞出一道傷口，在醫院縫了五針。」

「哦，那個呀。那種小事根本不算受傷。」

「可是，醫院的醫生說，頭上會留疤……」

妙露出笑容。

「身為一個母親，卻養出一個一輩子都沒有一道傷疤的兒子，這種丟臉的事我做不來。身上白白淨淨沒一點傷的男人，等於是在昭告世人自己害怕受傷，遇事只會臨陣脫逃。」

妙凜然如此斷言的神情，讓博史覺得好美。

「老師您說是不是呢？」

博史感覺到妙的視線落在自己的左眉上，伸手抓頭，好掩飾住眉毛的傷疤。

「害怕受傷，在緊要關頭就會提不起勇氣。我不願他將來長大，成了一個該挺身主持正義時，卻害怕受傷而裝作毫不關心、逃之夭夭的人。趁他還小，每天玩得渾身是傷才好。我答應過丈夫，要讓兒子成為一個頂天立地的武人，就算可能會少掉一隻胳臂，該守護的還是要牢牢守護好。」

博史起了雞皮疙瘩。

他還是頭一次遇見說得如此透徹的母親。

「請問……我這樣問有些冒犯，石場先生過世了？」

妙垂眼搖頭。

「不是的。關於這件事，根來大人要我不得提起，即使被問起也不能作答，還請老師體諒……」

說完，妙往窗外看。

博史連忙把自己帶來的那盒點心放在茶几上，推過去。

「這是我想為昨天道歉而準備的。雖然是一點不值錢的東西……」

「老師真是太客氣了。謝謝您的關心。又不是您將他打傷的，您這麼客氣，我既惶恐又不敢當。請快收起來。」

「不，那怎麼行呢，請您收下。」

妙思索了一會兒，終於緩緩點頭，

「那麼，我便心存感激地收下了。」

她只說了這麼一句，又行了一禮。

「那麼，在此久留只怕耽擱老師的正事，我這就告辭……」

說完便站起來。

博史也跟著站起來，一起離開校長室，送她到大門。

「請問，您平常就穿著和服嗎？」

走在走廊時，博史問妙。妙露出苦笑，

只說：

「現在這個時代的衣服，我實在穿不慣……」

博史把萩餅帶回家當點心。

母親信子大為開心，嚷著「哇，好高興」，拿了一個便供在佛壇前，點起線香。

博史也從房門外叫女兒七海：「有萩餅，要不要吃？」

「不要。」

只得到這一聲回答。

博史坐在起居室裡，望著妙送的萩餅。

「我不願他將來成為一個該挺身主持正義的時候，卻害怕受傷而裝作漠不關心、逃之夭夭的人。」

妙的話在腦中迴響。

自己是不是成了一個害怕受傷，而裝作漠不關心、逃之夭夭的人了？

他會覺得妙的姿態很美，是不是因為從她的態度中感覺到自己所沒有的堅強？

博史大口吃了萩餅。

上次吃萩餅是什麼時候呢？好令人懷念的味道。

七海與沙織

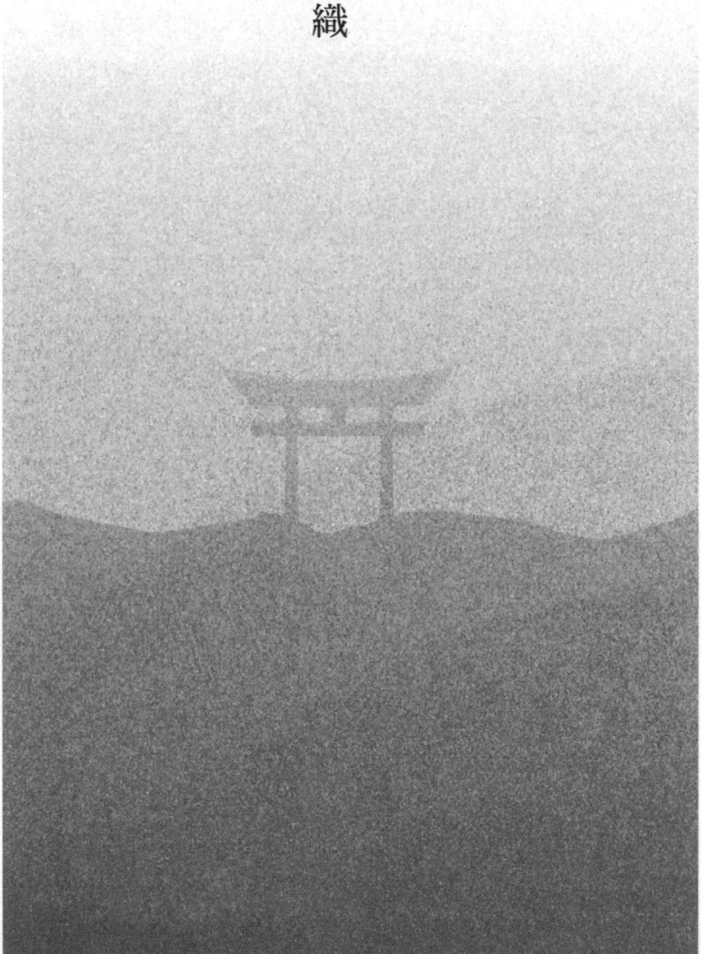

日高七海在朋友沙織的房間裡看著搞笑藝人的DVD。

一放學，沙織就約她：「今天也一起去補習吧！」於是回家後她馬上就收好要補習的東西，到沙織家。放學後到要補習的這段時間都待在沙織房間裡。最近幾乎每天都這樣。

一開始，她們會在這段時間寫功課、互相出題目，但現在都只會聊天、看電視。不過，自己房間裡竟然有電視，真叫七海羨慕極了。無論她再怎麼拜託，爸爸博史就是不肯答應。

沙織盯著電視問：

「對了，七海，惠比神有鬼的事，妳聽說了嗎？」

七海也看著畫面回答：

「沒聽說。我現在才知道。」

兩人輪流伸手去同一個零食袋裡拿零食。對方說話的時候，就是自己拿的時機。

「史郎他啊，說看到影子了。不過，反正一定是騙人的。」

七海嘻的一笑。

「小學生沒事也會說謊嘛。」

也不管身邊的人都知道那是謊話，本人就是硬要堅持。七海自己小學的時候，也曾經堅持自己看到妖精。

那時候雖然沒被拆穿，但幾年後當年同班的男生死纏著她問：

「妳看過妖精對不對？」

七海就後悔自己當初不應該說那種謊。那是一次苦澀的經驗。

「不過，只要有人這麼傳，就會想說自己看到了，他們這個年紀就是這樣啊。」

七海邊想起以前的自己邊說。

她們看的搞笑三人組的節目正好結束。一看時間，六點半了。再十五分鐘補習就要開始了。

「唉，好懶得去補習喔。」

沙織說。

七海露出苦笑，同意她的說法。

「就是啊，都不想動了。」

「喏，我們蹺課啦。妳看，我連下一集的 DVD 都借回來了。」

「今天不行啦。上次我們也蹺了。再蹺課補習班就會打電話到家裡，這樣會被發現的。」

「安啦。只要家裡不打電話過去，補習班才不會特地打電話到妳家呢。妳知道美奈吧？她最近不是說因為有學生會不能去補習。所以一直請假嗎？那是騙人的。其實她是交了男朋友，她每天都跟男朋友一起回家。她說她們一直聊，結果聊到來不及去補習班上課，可是到現在她媽媽都還不知道。美奈請那麼久的假都沒事，我們絕對沒問題的啦。才連蹺兩堂而已。」

七海不太願意。

「嗯～，可是……」

「好啦，拜託。今天就好。」

沙織雙手合十，拜拜似地向七海低頭。

「真拿妳沒辦法。下次一定不可以蹺哦。」

七海坐下來。自己向自己找藉口：之前都沒有蹺課一直這麼認真，蹺一次也沒關係吧。

沙織看看鐘。

「九點我媽會回來，所以八點半我們先出去一次，九點多再回來吧。」

沙織說明了如何做「去過補習班了」的不在場證明。

「這麼做沒有意義吧？史郎也在家啊。」

「不用擔心史郎。他沒有笨到和我作對。」

看樣子，在黑岩家姊姊擁有絕對的權力。

「可是，妳媽媽真的不會回來嗎？」

「絕對沒問題。萬一回來了，我也已經想好理由了，所以妳放心吧。」

「不去補習待在家裡和朋友聊天，什麼理由都說不過去吧？」

「我會說，七海教得比補習班的老師好。只要跟我媽抱怨說那個老師教的我都聽不懂就好了。上次我這麼說，我媽就去跟補習班講，馬上就換老師了。」

七海覺得啼笑皆非。雖然事不關己，但也不禁同情：補習班的老師也不好當啊。

「因為，我真的聽不太懂啊。」

沙織想強調自己說的是實話，但那個老師的確是最近才來的，和教學經驗豐富的老師比起來也許沒有那麼會教，但就七海看來，她認為是沙織上課的態度才大有問題。當然，她並沒有說出來。

沙織彈也似地從床上站起來，一手拿著租來的DVD走向電視。

「既然決定了，就趕快來看下一集吧！」

她把剛才看的DVD從放映機裡拿出來，換成新的。然後，DVD一被放進放映機裡，就轉頭面向七海，露出賊笑。

「我偷藏了一個好東西，要不要看？」

「什麼東西？」

「鏘～～！」

沙織說著拿出來的，是一瓶罐裝啤酒。

「這不是啤酒嗎！」

七海慌了。

內心深處不斷響起的「不可以」警鈴聲一下子變大了。大得和決定蹺補習班那時候的狀態根本不能相提並論，讓七海心跳加速。

「沙織，不可以啦。」

「七海沒喝過啤酒嗎？放心啦，我爸每次都說，只喝一點點跟果汁沒兩樣。」

「可是，要是被發現可不是小事。」

「沒想到七海竟然這麼膽小，真是乖寶寶。妳這麼怕被爸爸罵喔？」

七海覺得被瞧不起，一股氣就上來了。

「才不是……」

「那不就好了嗎？喝一點點有什麼關係……」

七海沒有回答，但沙織打開啤酒罐，在兩個小小的玻璃杯裡各倒了一點啤酒。

沙織一臉興奮，但七海卻和她形成對比，心中的不安疑慮都寫在臉上。

「那麼，為我們的祕密之夜乾杯～」

說完，沙織舉起玻璃杯。七海也晚她一步舉起杯子，和沙織碰了杯，喝了一口。

兩個人都只是小小含了一口，吞下一點點而已。

好苦好難喝。這種東西哪裡好喝了？

七海想起博史總是喝啤酒喝得津津有味的樣子。同時也對自己所做的事感到後悔。

「爸爸以為我現在正在補習班用功。可是，我卻在沙織的房間喝啤酒，看著搞笑DVD。」

雖然和博史總是衝突不斷，但七海卻覺得自己做壞事辜負了爸爸，感到心痛。

轉眼間沙織的臉就紅了，看電視的笑聲也比平常大了許多。七海有不好的預感，但又不想被當作膽小鬼，所以什麼都沒說。

沙織喝了好幾口，杯子裡的液體卻沒有減少，從這一點看來，沙織也和七海一樣，覺得啤酒又苦又難喝吧。

結果，七海只喝了那一口，就不再喝了。沙織雖然裝作喝醉把嗓門放大，但喝下去的量頂多也只是七海的三倍左右，兩個人加起來喝掉的還不到罐裝啤酒的五分之一罐。

即使如此，這樣的量要激發七海的罪惡感已綽綽有餘。看著搞笑DVD也一點都笑不出來。

「暫時不要來這裡了。」

七海暗自下定決心。

茶几上兩杯氣早就跑光的啤酒。在玻璃杯壁上形成一圈泡泡。七海看了看鐘，已經八點半了。

「沙織，八點半了耶？」

七海催沙織。一開始臉變紅的沙織，現在臉色已經轉為蒼白。

「咦！已經八點半了。慘了，媽媽快回來了。」

沙織拿起兩個玻璃杯和啤酒罐站起來，出了房間走向廚房。當場洗了杯子又匆匆回到房間。

「七海，走吧。」

兩個人拿著補習班的東西走出房間。

剛出大門，沙織就慌了。

「抱歉，等我一下。我找不到腳踏車的鑰匙。」

沙織又回了房間，在幾個可能的地方找了一下，可能是因為太慌，找不到鑰匙，死心來到外面。

「沒找到，我們就共騎一台吧。」

說完，沙織便毫不猶豫地往七海的腳踏車後座坐下去。七海正跨在腳踏車上等她。

「可是……」

「沒關係啦。我也覺得有點想吐。」

「雙載……」

七海本來想說雙載很危險，不可以，但又把話吞下去。她不想又被沙織取笑說她太乖。

「……騎的人很累耶。」

「騎到一半換我載妳。」

沙織不顧七海，伸腳蹬地面，要推動腳踏車向前。

「衝啊——！前進——！」

沙織還在裝醉惡搞。

七海無奈，只好開始踩腳踏車。

「要去哪裡？」

「都可以……對了，去惠比神看看吧。說不定會看到鬼呢！」

因為沒有特定的目的地，七海便順從了沙織的提議。「惠比神」離沙織家不算遠。

抵達惠比神的七海和沙織兩人坐在腳踏車上，看著靜靜佇立在公園深處的古老小建築。

公園後面是市民中心這座大型建築，那裡的路燈正好形成逆光，更強調了惠比神黑色的輪廓。

「有人嗎？」

沙織小聲問七海。

七海凝神看，但從她們所在的地方看不清楚。

「看不出來。……靠過去一點吧？」

兩人把腳踏車停在公園入口，怯怯地朝神社的本殿（說是本殿也實在太小，而且除此之外也沒有其他建築）走過去。

雖然不是真的相信有鬼，但走近暗處畢竟還是很可怕。不知道那裡有些什麼的恐怖讓兩人放慢了腳步。

來到公園入口和神社中間的時候，惠比神建築的後面好像有影子在動。

沙織和七海不約而同轉頭朝公園入口全力開跑。不知為何叫不出聲來。兩人只是咬牙狂奔。

跑到腳踏車那裡時，朝惠比神回頭一看，沒有任何人追過來。

「剛才有東西動了對不對？」

沙織邊跨上腳踏車後座邊說。

「嗯。」

才說完，七海便已踩起腳踏車。

「看起來很像穿著和服的女人……」

沙織這麼說，但七海看起來卻不是這樣。應該說，她沒看得那麼清楚。

「拜託，別嚇我啦。應該是貓之類的吧？」

七海一心只想趕快離開那裡，站起來踩踏板。

腳踏車來到十字路口的時候，從左方來了一輛不應該會有的車。

十字路口左邊是商店街，車子是禁止通行的。除非是裡面商店的車子……

七海連忙按煞車。刺耳的煞車聲響徹了夜晚寂靜的商店街。那一瞬間，響起了一聲小小的尖叫，應該減速的腳踏車卻加速向前衝。

事出突然，七海覺得全身每一個毛細孔都冒汗了。

原來是坐在後面的沙織感覺到自己的危險，臨時從腳踏車上跳下來。跳下來的時候，為了盡可能朝後跳遠一點，雙手盡全力把腳踏車的坐墊向前推。這不能說是故意，應該說是人類與生俱來的自衛本能。感到死亡的恐怖，身體下意識如此反應。

車斗上覆蓋著帆布罩的小貨車緊急將方向盤向左打，在千鈞一髮之際，閃開了腳踏車。

然而，運氣不好的是，那邊的斑馬線上有一個騎著腳踏車正要過馬路的人影。開車的男子立刻又將方向盤向右打。

可能是方向盤左右切換的時機點恰到好處吧，小貨車雖有一側的輪胎離開地面，但總算快速回正，在劇烈的煞車聲中，停在十字路口。

七海看見驚魂未定的司機臉都僵了。

「七海，快走！」

沙織聲音從身後響起。

「可是……」

她看到倒在後面斑馬線上的是個老婆婆。

「好痛……」

她正皺著眉頭喊痛，但似乎沒有生命危險。

「快點！快呀！」

說到最後，沙織自己已經跑了。

「喂！妳們！……」

開小貨車的男子從駕駛座上以嚴厲的表情叫七海她們。

「對、對不起！」

七海當場立正行禮，然後跳上腳踏車逃也似地全力踩。

「喂！別跑……」

七海身後，男子的聲音越來越小。

來到大約一百公尺外，正要轉彎的時候，回頭瞥了一眼，只見男子牽著老婆婆的手，正要扶她站起來。

沙織不知道跑到哪裡去了，到處都沒看到她。

七海騎著腳踏車直奔自己的家。

「怎麼辦……怎麼辦……她沒事吧……」

七海滿腦子都是倒在路上按著腿的那個老婆婆的臉。

一波未平 一波又起

博史看看時鐘，把變涼的咖啡一口氣喝光。

平常這個時間七海應該早就出門了，卻還在房間裡不出來。

「七海！會遲到哦！」

博史從樓梯底下朝著上面喊。七海沒有回答。

「怎麼了？身體不舒服嗎？」

他爬上樓，來到房門前，敲著女兒房門又問了一次。

「怎麼了？身體不舒服嗎？」

「嗯。頭……有點暈暈的。」

「有沒有發燒？」

「應該沒有……可是動不了。」

「沒辦法上學嗎？」

「嗯。我今天想請假……」

七海無力地這麼說。

「那，爸爸打電話到學校請假哦。」

說完，博史下了樓。

廚房裡，信子正在洗碗。

「媽，今天妳會在家嗎？七海身體好像不太舒服。」

信子似乎正好洗好碗，擦著手回頭。

「哎呀，是嗎。我看她昨天就不太對勁。一回來馬上鑽進房間裡，就沒有再出來。結果，晚飯也沒吃。會不會是感冒啦？」

博史忙著準備兩週後的教學參觀，昨天很晚才回來，因此不知道這件事。

「要是明天還是這樣，我再打電話到補習班問好了。可能是為了升學的事而煩惱吧。」

博史穿上披在椅子上的外套。

外面正在下大雨。

絕大多數的櫻花大概會被這場雨打散吧。博史心中有幾分感傷，但就算櫻花開著，這幾年一家人也不再出遊賞花了。

「說到這，好久沒賞花了啊。」

博史豎起風衣的領子擋住冷風。

「日高老師。」

到了學校才剛坐下，高個子佐佐木今天也從背後發出低沉的聲音。

博史嚇了一跳，應了一聲變調的「是」。

「老師班上同學的母親想找你。請到校長室來。」

博史身子一僵。

「請問是誰？」

「赤木太太。」

博史對赤木健一的母親為何而來沒有頭緒，一臉困惑地陷入沉思。

「是什麼事呢？」

「不知道。只說要找日高老師談。」

「……好的。」

博史拖著沉重的腳步來到走廊，敲了敲校長室的門。

「請進。」中川校長緊張的聲音響起。

「打擾了。」

說完走進校長室，只見赤木健一的母親寬子正坐在沙發上。

中川校長當然也在，而教務主任佐佐木也已經到了。

校長以刺人的視線無聲地說：「又是你嗎，連續三天了！」

「早安。」

博史說著深深行禮。

「請問有什麼事呢……」

博史在赤木寬子的面前坐下。

寬子喝了一口端到她面前的茶，乾咳了一聲，才開始說話。

「是這樣的，昨天，有一個奇特的孩子說是健一同班同學，到我們家來玩……」

從她的描述，博史馬上知道那一定是寅之助。

「是……」

「我一問，他說他是健一的朋友。可是那時候健一不在家，我想請他回去，他卻說有事要當面找健一，叫我讓他等。我說，既然有事，阿姨可以轉告……可是他卻說『此事與伯母無關』……」

博史有不祥的預感。

「於是……」

博史請她說下去。

「因為不知道健一什麼時候回來，我就答應他要健一和他聯絡，問了他的名字和電話。」

「是誰呢？」

「他說他是……石場寅之助同學。然後他就走了，我以為他回去了。結果二十分鐘之後，他又跑來……」

寬子將一張由長方形的宣紙折成挑戰書狀的東西放在茶几上。

封面是空白的。

「不好意思。」

博史說完，拿起來那張紙打開來看。

提問書

就昨日一事請教健一君。
我已問過秀吾君，
秀吾君曰，踢倒我椅子者乃健一君。
若此話為真，健一君行卑鄙之事卻若無其事，
非男子漢大丈夫之所為。
由此可知，以卑鄙小人稱之笑之，健一君亦不以為意？
為免日後徒留遺憾，
身為男子漢，且讓我們一對一談。
放學後，於惠比神相候。

寅之助

「您怎麼處理這個？」

博史問寬子，視線仍停留在信上。

「他說要交給健一，我就轉交了。」

「然後……」

「健一進了自己房間，應該是看了。很快就臉色大變跑出去。過了一個小時又回來。」

「有沒有受傷？」

「我不知道，我想應該沒有。不過他回來之後，就整個人沒了精神，開始說不想來上學。」

博史以為難至極的表情搔了搔頭。

「老師，這上面寫的是真的嗎？」

「這個，其實我也不清楚。」

博史過意不去地低頭行禮。

「雖然不知道發生了什麼事，但從這裡不就可以看出我家健一會不想來上學，就是因為被這個寅之助同學欺負嗎？」

「這個，我還不敢說……。但是，我會查清楚的。」

「竟然拿這種像挑戰書的東西找上門來……。說起來，不就是因為在老師面前發生了這種事，卻沒有向我們家長做任何說明嗎？」

寬子的怒氣朝意外的方向發揮。

到了這個地步，中川和佐佐木也實在無情。如果寬子再向上發展，說出「這是學校的責任」，從那一刻起，事情就會變成他們自己的問題。

「日高老師，你還沒有向各學生家長報告嗎？」

對博史來說，這真是晴天霹靂。

「嘿！」

他不禁發出怪聲，看著佐佐木。

「真是非常抱歉。我們已經指導日高老師，要他務必向各家庭報告，千萬不能有所怠慢……」

現在全都是博史一個人的錯了。

「反正，兒子收到同學這種信，我實在沒辦法放心讓他上學。能不能請學校改善一下？」

寬子不再借題發揮，把話題拉回來。

「我們會立刻處理。」

說話的人是教務主任佐佐木。

緊接著，中川朝博史投以「你知道該怎麼做吧！」的視線，再度保證。

博史只好低頭行禮。

送寬子到客用大門後，博史快步趕回空無一人的辦公室。朝會已經開始了。

隨手拿起桌上的名冊，奔上六年三班教室所在的四樓。同學們一定吵鬧得影響隔壁班上課了。

博史匆匆趕過去。

隨著教室越來越接近，他的焦慮也減輕了。

如果正在吵鬧，從樓梯間應該就聽得到，但教室似乎很安靜。

「哦，真難得。」

才安心片刻，爬上樓梯，一來到走廊，只見六年三班教室前聚集了人群。

博史心中一陣不安，朝那群人跑過去。

「喂，借過一下。來，讓老師過。」

從教室門口朝裡面看，六年二班的級任松葉正介入兩個同學之間，制止他們。

其中一人是石場寅之助。

他的嘴唇咬破了正在流血，左眼眼周也有一條條紅腫的抓痕。身上的T恤衣領被拉開，一眼就看得出剛打過架，但他直視對方的眼睛卻沒有激動的樣子，呼吸也很平順，嘴角甚至還露出笑意。博史覺得背脊發涼。

寅之助注視的對象，正是黑岩史郎。

這邊也一樣，嘴唇流了血，襯衫袖子撕開垂掛著，髮型亂七八糟。受害的程度與寅之助不相上下，但與寅之助最大的不同是，他臉紅氣喘，眼裡含淚，握緊的雙手不斷發抖。一般小學生一打架，情緒激動，就會這樣。

「怎麼偏偏是史郎……糟透了。」

博史腦海裡浮現史郎母親惠子的臉，覺得好想哭。

博史朝人群圍住的中心喊：

「你們在幹什麼！」

博史向松葉低頭行了一禮，自己也介入兩人之間，朝全班說：

「好了，全班就座。」

松葉也叫走廊上的學生回自己教室，開始散場。

桌椅恢復原狀的期間，在教室中央，寅之助和史郎隔著博史還是繼續互瞪。

「好了，都結束了。老師不知道原因是什麼，但是你們要在這裡握手和好，然後不許再打了。」

博史一這麼說，寅之助便立刻伸出了手，但史郎卻沒有馬上回應。

「史郎！」

博史一催，臭著臉的史郎伸出顫抖的手，握了寅之助的手。

寅之助忽然把史郎的手朝自己那邊拉，盯著史郎的臉說：

「喂，沒完的放學後再繼續。」

博史連忙介入，將兩個人的手分開。

「不行。不許再打了。」

史郎轉身走向自己的位子。寅之助看他回去了，才回自己座位。

看全班都坐好，博史便走到講台，面向學生，雙手扶著講台。

看這個氣氛，就算問發生了什麼事，恐怕也問不出來。

博史嘆了一口氣。

「剛才發生了什麼事，老師會分別問史郎和寅之助。先行禮！值日生！」

博史要值日生喊口號，卻沒聽到聲音。

博史回頭看黑板右下角寫的值日生的名字。上面是「石場、伊東」。

伊東萌朝旁邊的寅之助看了一眼。感覺寅之助沒有要發號令的樣子，連忙出聲喊：

「起立。」

大家在喀啦喀啦聲中站起來。

「老師早。」

比平常更消沉的問候聲在教室裡響起。

博史思索著該說什麼。

他知道一定得說些什麼。可是，無論說什麼，今天的事都會是問題。這個學年才剛始三天，發生的種種事情便成為火種，衍生出今天早上這件事。

上課時間到了博史卻沒有進教室，也許也會被拿來當作問題。

博史一臉苦澀地望著寅之助。

寅之助的神情泰然自若，端正姿勢，筆直地回視博史。

博史對他那毫不迷惘的視線感到困惑，反而自己別開了視線。

視線轉向史郎。

史郎與寅之助形成對照，還是臭著臉低著頭，想按住因為激動而發抖的手。

結果，博史一整天都待在教室裡。

下課和午休時間他都沒有回辦公室，緊盯著史郎與寅之助。為的是怕一個沒注意他們又開始打架，但這不是唯一的原因。要是回辦公室，中川和佐佐木一定會要求他說明。

新學期才開始三天。天天都被叫到校長室去，這種情形至今從未發生過，也因此博史實在煩透了。

因為下雨，兩個同學都沒有到外面去玩。

可能是一大早就打架，心情很消沉吧，史郎一整天都臭著臉。平常玩在一起的青柳信二他們靠過去，他也做出走開的姿勢趕他們走，下課時間則是一個人埋頭趴在桌上。

相當於班上頭頭的史郎氣壓這麼低，全班也會被沉重的氣氛包圍。

然而，寅之助卻開朗得像什麼事都沒發生過。

教室比平常來得安靜，因此一開始寅之助的開朗特別醒目。

想一想，頭一天一來就馬上被送到醫院，昨天又請假，所以這天算起來是寅之助頭一天上課。

寅之助就像他的外表一樣特別。

從第一堂課一開始，就像把剛剛才打過架的事忘得一乾二淨般，以愉快的眼神專心聽博史上課。他淺淺地坐在椅子上，挺直背脊不靠椅背的坐姿很美，甚至令人感到高雅。

驚人的是，這樣的姿勢並沒有隨著時間過去而鬆垮，一直維持到最後。

沒有經過相當的訓練是做不到的。

博史還以為是上一所學校很嚴格，但以復習五年級課程為主的上課內容寅之助幾乎完全無法理解，可以說根本跟不上。

有時候，他還會發出：

「哦，好厲害。」

等等略嫌大聲的自言自語，自顧自感動不已，那樣子很好笑，全班同學漸漸開始注意寅之助的反應，被他逗笑。

正在解數學應用題的時候，博史說：

「同學們，有不懂的地方就舉手發問。」

寅之助便不時舉手問問題。

「蛋糕一個兩百圓，糖果一個四十圓，一共買了二十個……」

遇到這個問題時，他馬上舉起手來，

「老師，我不懂。首先，請告訴我蛋糕是什麼。」

一臉正經地發問。全班當然因此大笑，但從這一刻起，寅之助便成為班上的風雲人物。

「別鬧了，認真想。」

博史沒理他。

「我沒學算盤，這可頭痛了。」

寅之助小聲這麼說之後，接著問旁邊的萌：

「蛋糕是吃的嗎？」

把萌逗笑了。

比誰都姿勢端正、有禮貌、有學習意願，接觸新事物時會坦誠地受到感動。可是，學科程度卻又比任何人都差。而且，雖然穿著與別人不同，本人卻似乎不以為意，總是笑口常開。

寅之助雖然是個奇特的孩子，博史卻不討厭他。

班會結束之後，博史留下史郎和寅之助，各別談話。

先和史郎談，是因為博史認為史郎要是晚歸，光是憑這一點他母親惠子就可能又會來投訴。

博史把桌子面對併在一起，要史郎坐在他面前。

史郎垂著視線，臉還是很臭。

「你們為什麼會打架？」

「我們本來在講話，他就突然打我。」

「沒有人會沒事突然打人的。你是不是說了什麼惹火對方的話？」

博史望著史郎的眼睛這麼問。

「沒有……我什麼都沒說。」

史郎堅持。

博史說：

「老師不知道你們為什麼打架，但應該不是只有其中一方不對，以後別再這樣。老師晚上會打電話給你媽媽，請你回去轉告一聲。」

然後就讓史郎回家了。

史郎出去後，博史隨即把在走廊等的寅之助叫進來。

寅之助在剛才史郎坐過的位子旁行了一禮，說：

「失禮了。」

然後才以和之前一樣的姿勢端正坐好。

直視博史的那雙眼睛裡，看不出罪惡感。這份坦蕩令博史無法不懷疑寅之助可能沒錯。

「你們為什麼會打架？」

博史也向寅之助問剛才問過史郎的問題。

「那還算不上打架。只是，他的話侮辱我的雙親更甚於我，令我無法坐視……我質問史郎君，嘲笑別人到這等地步，是否早已準備好與我單挑，史郎君卻說若他向其母告狀，我與我父母將難以存身。這可真是貽笑大方。狐假虎威，自己無能卻依恃父母，堂堂男兒，此風不可長。於是我便向史郎君說，那你不如即刻回令堂身邊討奶喝。」

博史苦笑。

「所以，你就打他了？」

「沒事我不會對那樣的對手動手。」

「那麼，是史郎先動手的？」

「史郎君氣得漲紅了臉，我便問，你要回去討奶喝呢，還是放馬過來？史郎君便下定決心朝我撲過來。」

「原來如此……」

事情的經過想必是寅之助所描述的，不會有太大的出入吧。

博史站起來，先回到教室前方自己的桌子。從抽屜裡面拿出一封信，放在寅之助面前。

「這個你有印象吧？」

博史覺得自己的說法好像在偵訊的刑警，便試著讓語氣柔和一些。

「這個，是我送去給健一君的信。」

「因為這個，健一說他不想來上學了。你有什麼想法？」

「健一君也跟我說了同樣的話。」

博史感到意外，看著寅之助。

「怎麼回事？」

寅之助面不改色，伸出手掌打斷博史。

「此事我無可奉告。若老師非要知道不可，請直接問健一君。」

「為什麼？」

「若我說了，就成為卑鄙小人。健一君要我不能告訴任何人，我也答應了。既然如此，我就不能做出多嘴多舌的卑鄙之舉。卑鄙小人乃武士之……呃，總之，我絕不能言而無信。還請見諒。」

博史大大地嘆了一口氣，聳聳肩。

「好吧。這件事我會直接問健一。問題是你和史郎的這件事。寅之助，你的穿著和大家不同，個性和這裡的同學們也截然不同。所以，身邊的同學們都會取笑你、瞧不起你是不是？」

「正是。」

寅之助的回話讓博史差點忍俊不住。

「其他的先不管，你的用詞能不能改一改？」

寅之助露出心頭一驚的表情，難得地低下了頭。

「對……不……起。」

「沒關係。總之，老師明白你對這件事很生氣。但是，馬上就跑到人家家去，或是刺激對方、誘他出手，是不好的。」

「我們應該怕的，是變成一個明知名譽受損，卻因為害怕受傷而不敢挺身而出的膽小鬼，不是嗎？」

博史差點就要同意寅之助的話。

班上的霸凌，若將沒有浮上檯面的也算進去，恐怕是每天都在發生。博史並沒有遲鈍到看著史郎和健一那個小團體互使眼色，還看不出他們平日在水面下結黨嘲笑、孤立別人。

即使如此，孩子們也是懂得微妙的距離感的。

他們知道什麼程度不會挨罵，於是就在那條界線的邊緣，控制在還不能稱為霸凌的程度，集體嘲笑、孤立某個人。被盯上的學生最後又會集合起來形成一個團體，但一心只求在班上不要被注意到、不要被史郎那個團體盯上。

如果他們有寅之助的堅強，也許會開始認為集體做卑鄙的事是可恥的。真希望他們能向寅之助看齊。在學校裡發生的種種問題，應該盡可能由孩子們以自己的力量克服。博史是這麼認為的。

博史猶豫著，雖然寅之助的想法與自己沒有說出口的想法相近，但應該表示認同嗎？

「母親教導我，所謂的學校，是在長大成人之前，培養生存能力的場所。結黨行卑鄙之事者，侮辱他人意圖挫敗他人心志者，即使長大成人之後也所在多有，是吧，老師。既然如此，當學校發生同樣之事時，若加以逃避，我不相信這樣的人長大成人之後能夠達成自己人生的使命。」

「老師也認為……你說的話有道理。但是，我們只有向對方挑釁、訴諸暴力這樣的辦法嗎？如果基本規則是對方做的事自己也有權利做，那麼人類就只能毀滅了。這是毀滅的規則，是不對的。寅之助，如果沒有原諒別人的力量，暴力的連鎖只會不斷擴大。」

寅之助垂下視線。

教室裡夕陽斜照，將教室裡的所有東西都照得不像平常的顏色。

過了一會兒，寅之助抬起頭來，露出爽朗的笑容，凝視博史的眼睛。

「老師說的一點也沒錯。寅之助的想法太膚淺了。給老師添了麻煩，真不知該如何道歉才是……」

寅之助笑容燦然的臉上，有種慷慨就義的氣魄。博史沒來由地感到一陣恐懼，好像叫他切腹，他也會面不改色地說聲明白了便當場切腹似的，害博史背脊都涼了起來。

「你不必道歉。就像你剛才說的，學校是個體驗『失敗』的地方。遇到失敗的時候，要把失敗變成『教訓』。只是這樣而已。只要能夠從這次經驗中學到東西，和過去的自己有所不同，這樣就夠了。」

「我明白了。」

說完低頭行了禮的寅之助一抬頭，便遙望窗外。

「母親交代我，要在酉時之前回家。所以我這就……」

「酉時？」

博史當然知道這指的是時間，但不知道具體上究竟是幾點。

「你知道很多特別的說法啊。酉時是幾點？」

「幾點……這個……哦，是指用那個叫作時鐘的東西來看嗎？呃，好像是短的那根針到五之前……」

「五點啊。」

寅之助家到學校有點距離，走路回家大約要花上三十分鐘。

寅之助猛然站起來。

「那麼，就此告辭。」

只見他恭敬地行了一禮，走出教室。

「好聰明的孩子……」

博史心裡這麼想。可是，功課卻完全不行。他覺得好笑，不禁笑出來。只是，接下來等著他的現實讓他收起笑容。

他必須打電話到史郎家。

「呼——。」

吐了一口氣，博史抬起沉重的身軀，走向辦公室。

回到辦公室，博史打電話到史郎家，接電話的是史郎的姊姊。

博史之前便知道史郎的姊姊是七海的朋友。這在這個小地方或許算常有的事，但世界真小。

「有什麼事嗎……」

「請問妳媽媽在嗎？」

「她不在。」

冷漠的回答方式，令博史想起自己的女兒。每個國三女生都是這樣嗎？

「妳知道她什麼時候會回來嗎？」

「不知道……」

真是拒人於千里之外的說法。

「那麼，可以請妳轉告一下，說上神小學的日高來電嗎？」

「好的。」

說完便卡鏘一聲掛了電話。

聲音好大，博史苦著一張臉，把聽筒從耳邊拿開，放回原位。

鄰座的松葉問：

「怎麼了嗎？」

「啊，我為了今天早上的事打電話到黑岩史郎家，但他母親不在。」

「哦，是嗎。那是誰接的？」

「史郎的姊姊。」

松葉深深點頭。

「沙織啊。」

「你認識？」

「是啊，我是她六年級的級任。她和弟弟史郎不同，是典型的好學生。她們家連電話的應對都教得很好吧。」

「呃，這個……唔……」

博史不禁陷入沉思。松葉很快便結束談話，開始收拾自己的文件，準備回家。的確，接起電話的時候氣氛並不糟，但頭一句「有什麼事……」便已經帶刺了。

一定是青春期的女孩子都很難相處吧。博史腦海裡浮現七海的臉。

「跟我女兒一樣難相處。」

博史露出苦笑，在桌上攤開地圖。

「你還不回去嗎？」

松葉邊站起來邊問。

「我怕史郎的母親回電，所以我想先做點事情等一下。正好也得規劃家庭訪問的路線。」

「是嗎。那麼我先走了……」

松葉拿起披在椅子上的外套，走出了辦公室。

博史的視線落在地圖上。

這張地圖是一年前擔任五年級級任時完成的，去年就在班上的同學已經全都做好了記號。新加入的，就只有寅之助家。

博史找出「根來太郎」的家。

做好記號，標上數字「一」。

博史想第一個訪問寅之助家。

七海與博史各自憂鬱

七海走向學校的腳步很沉重。

因為請了一天假，想像自行不斷放大，不安不斷膨脹，到了自己也無法控制的地步。

「那個婆婆不知道有沒有怎麼樣？有沒有受傷？要是撞到的地方不巧，也可能當天沒事，可是幾天後就死了……。警察可能在找我們。」

一早開始，每次門鈴一響，就嚇得心臟幾乎要從嘴裡跳出來，戰戰兢兢地從二樓自己的房間窗戶偷看外面。

結果，昨天來家裡的只有養樂多阿姨和宅配，沒有警察。

她沒有和沙織聯絡。沙織也沒有跟她聯絡。

沙織不知道有沒有上學……。

待在家裡就會一直朝壞的方向想，一想到這個情形會更加惡化，七海便決定今天要去上學。

稍微繞一點路，從惠比神前經過。

晴朗的早上看到的惠比神，一點都不嚇人。不過就是一幢老建築。

再過去，便是前天出車禍的地方。以前看電視劇，刑警說犯案的犯人都會回現場，七海心想真的是這樣，邊想邊走近十字路口。

那裡沒有異狀，車輛一如往常地來去。

那真的是一場車禍嗎？或者，婆婆和開車的人都平安無事地回去了，一切就此落幕也不一定。

七海由衷希望事情真是這樣。

沒有感覺到有人影在觀察自己。

七海一無所獲地離開那裡，走向學校。

從教室門口可以清楚看到裡面的情形。

就像平常一樣，沙織身邊圍繞著好幾個同學，大家開朗地聊著天。看到那個樣子，七海稍微放心了。

如果車禍在昨天一天之內演變成大事，沙織不可能像平常一樣開朗。

即使如此，沙織一發現七海站在門口，便突然壓低聲音，把臉湊近旁邊的朋友，說了什麼。那個樣子讓七海心裡有不好的預感，便沒有加入她們的圈圈，直接走向自己的座位。

「一定是在說我。而且是說壞話……」

雖然不知道她實際上說了些什麼，但不可思議地，人們就是可以感覺得出這種氣氛。

「究竟在說我什麼呢……」

坐在前面的平田凡子回過頭來，對七海說。凡子的名字雖然唸作「namiko」，有波浪的意思，但她人如其名，是個文靜的女生，大家都叫她「凡凡」或是「媽媽」。因為她戴眼鏡的樣子，很像「大雄的媽媽」。

「七海，妳昨天請假，現在好多了嗎？」

凡子總是溫柔地關心她。

「嗯……沒事了。」

「聽說妳看到了很驚人的事，也做了很驚人的事喔。」

「咦？」

七海吃了一驚，看著凡子。

「很驚人的事？」

「是沙織昨天跟大家說的。妳們補習蹺課，喝了酒，跑到惠比神去，結果那裡真的有穿和服的鬼。」

「鬼？」

「沙織說，如果覺得她騙人，可以去問七海。」

根據沙織的說法，七海她們真的看到鬼了。

「也太誇張了……」

七海覺得很受不了，但又不能大聲否認，所以什麼都沒說。

「後來差點被車撞，妳們就跑走了。七海妳都在吧？」

「……」

七海說不出話來。

七海擔心的事，對沙織而言，竟然是一則「英勇事跡」，還拿來向大家吹噓。當然，也不會有人去向老師告狀吧。要是有人敢這麼做，立刻就會被全班孤立，當成空氣。

她不知道大人的世界是怎麼樣，但在孩子的世界裡是聲音大的人擁有天下，而不是正義。

「沒那麼酷啦。」

七海小聲這麼說，把書包裡的東西拿出來擺在桌上。

第一堂下課時間，七海去找沙織。

「沙織，前天後來妳直接回家了？」

沙織瞪了七海一眼，話也不回就站起來，找別的朋友去上廁所。

七海不明白沙織的態度是什麼意思，呆在當場。

結果那天，七海沒有和平常常在一起的那群同學說話，而且隨時感覺到教室各處傳來厭惡的視線，就這樣過了一天。

營養午餐也找不到人一起吃，正準備自己吃的時候，凡子來約她。

「七海，要不要和我們一起吃？」

凡子和總是和一個在班上不起眼的同學山田幸子一起吃午餐。

「可以嗎？」

七海客氣地這麼問，凡子和幸子一起點頭。

七海邊吃午餐，邊問凡子：

「凡子，沙織昨天還有沒有說什麼？」

「昨天，她說她應該向七海道歉……」

七海想起昨天腳踏車被推到車子前的那一幕。因為坐在後面的沙織往後跳，害七海的腳踏車加速衝向車子。

想起這件事，七海有點生氣。

「對，沙織害我差點出事……」

七海朝坐在遠處的沙織看。

「可是，今天早上沙織講的完全不一樣。」

七海回頭看凡子。

「她說什麼？」

「……她說七海『愛告狀』。」

看凡子難以啟齒的樣子，不難想像其實沙織說得更難聽。

「我愛告狀？」

七海完全無法想像沙織指的究竟是什麼。

「沙織說，七海的爸爸打了好幾次電話到她家，說要找她媽媽。她一急，就騙說她媽媽不在掛了，要是電話被媽媽接到就慘了。」

「我爸爸打電話給她媽媽……？那怎麼可能！」

七海對於沙織編出這種無中生有的事，讓自己成為被「當成空氣」的對象而感到生氣。

她在腦海裡試想博史打電話的可能性，但再怎麼想都不可能。

「唉。」

七海嘆了好大的一口氣，呆呆看著窗外。

「要是沒蹺補習班就好了……」

七海好想哭。

「日高老師，請到校長室。」

佐佐木低沉的聲音在後面響起，雖然已經不是第一次了，但博史還是嚇得差點跳起來。

「今天也要……？」

佐佐木靜靜地點頭。

「黑岩史郎同學的母親來了。」

博史心頭一驚。結果，昨天打電話沒找到史郎的母親。

為了決定家庭訪問的路線，他多留了兩個小時，天色已經很晚了，他又打了一次電話，還是沒回來，他才死心回家。

「可是都請史郎和他姊姊轉告了，對方應該知道我打過電話了吧。」

其實，也許就算晚上晚一點也應該等的，但要是太晚，又會因為「沒常識」而惹惱對方。事實上，他就曾經因為這樣而惹惱過別的家長。

常識這種事真的很難。因為每一家的常識都不一樣。

有人說：

「這麼重要的事竟然沒有當天聯絡，真沒常識！」

也有人說：

「為了這種事特地打電話來，真沒常識！」

對史郎的母親而言，也許無論幾點都該當天聯絡才是常識吧，博史感到懊惱。

「不，一定沒有正確答案。無論怎麼做，都一定會挨罵的。」

博史嘆了一口近似死心的氣。

「我這就去。」

一站起來，就在意起自己的樣子。

他萬萬沒想到會一連四天被叫到校長室，所以今天穿的是舊長褲和變了形的馬球衫。

「不好意思，這個借一下。」

博史連忙對松葉這麼說，穿上他披在椅子上的外套。

「打擾了。」

校長室裡，史郎的母親惠子與校長中川面對面而坐，剛才還在博史旁邊的佐佐木教務主任，又一如往常地站在那裡。

惠子的眼神嚴厲，中川一副困窘的表情，看來已經行過好幾次禮了。

「早安。昨天……」

「昨天……」

惠子也不回應博史的早安，打斷博史的話便開始說。被她的氣勢壓倒的博史把話吞回去。

「史郎回到家的時候衣服被撕破，身上好幾個地方都受了傷。我好歹也是個男孩子的母親，孩子們打架我也不打算插手去管，但在學校上課中打架打到頭破血流，老師卻一句話也沒有，也未免太沒常識了吧？」

博史小小行了一禮。

「電話……」

「我聽史郎說老師會打電話來，就一直等。說要打電話害別人一直等卻沒打來，是什麼意思？」

「真是非常抱歉。我們會在校內徹底宣導，以免日後再發生同樣的狀況。」

佐佐木低頭行禮。

「請、請等一下！」

博史連忙插嘴。

「我打了兩次電話，兩次都是令千金接的，說媽媽不在……。您沒有聽令千金說嗎？」

「我女兒……」

惠子本來壓抑著怒氣說話，這句話似乎出乎她的意料，一時之間退縮了。惠子也有印象，女兒接了兩次電話，但兩次都說是打錯的。

「講話感覺好噁心，窸窸窣窣的，聽不清楚在說什麼，可是問了很多我們家的事，我覺得很害怕就掛了。」

沙織這麼說。

那幾通電話一定就是博史打來的。

「哦，那幾通打錯的電話就是老師嗎。」

「打、打錯的電話……？」

「對，我女兒是這麼說的。說不認識的人打電話來，聽不清楚在說什麼，可是追根究柢地問家人的事，她覺得很噁心就掛了。那就是老師打來的嗎？」

「很噁心……」

博史不知該說什麼才好，語塞了。

惠子也將怒氣的矛頭指向中川。

「學校裡沒有教老師怎麼打電話給家長嗎？」

「呃……是的……沒有特別針對這方面加以指導……」

「真不知這該叫沒常識還是怎樣。如果是私人公司，無論是哪一家，進公司以後的第一件事，就是教電話應對吧。而且會叫新人徹底練習怎麼樣才不失禮。這種理所當然的指導校方竟然沒做。就是因為這樣，才會被人誤以為是打錯的電話不是嗎！」

「真是抱歉。」

中川聲音變小了。低著頭，視線朝向博史。

眼神在說：你也要道歉。

博史也用比中川更小的聲音說「很抱歉」，行了禮，但心裡根本完全無法接受。

「下次的家長會，我會提出老師們的電話應對作為議題。」

她祭出家長會這把尚方寶劍，讓三個人的頭低得更低了。

博史雖然不記得自己打電話的時候特別有禮，但絕對沒有失禮。本來就是要打電話去道歉，當然不可能一開口就說些失禮的話，惹對方更不高興。

博史想解釋，但中川嚴厲的視線制止了他。

中川和佐佐木都不想聽博史的解釋。惠子是家長會的副會長。而且因為她父親是市議員鈴木春男，當初她被提名為家長會副會長時，沒有任何人有異議，一下子就通過了。可能是因為從她背後不時看到鈴木春男的影子吧，和家長會會長相比，中川和佐佐木更怕惠子。

以電話的事降伏了對方，惠子一副滿意的樣子，將眼前低著頭行禮的三人一一看過，鼻子「哼」了一聲，

「好吧，這件事就算了。那麼，為什麼我兒子會受傷回家？」

總算進入了正題。

中川抬起頭來看博史。

「日高老師，請說明一下是怎麼回事。」

博史很氣中川。昨天一點也不關心，一放學就走了。現在惠子一罵，就把所有的責任推給博史。

結果，中川心裡想的，是在自己當校長的任內不要發生任何問題，還有就是，退休以後可以撈個爽缺吧。為此，他當然會重視惠子的父親鈴木春男這條關係。

他的算盤人盡皆知。

博史輕輕咳了一聲，開始說話。

「關於這件事，正如黑岩太太一開始說的，是孩子們之間常見的爭執，應該沒

有特別需要擔心的地方……」

他看得出惠子的臉漲紅了。

「常見是什麼意思！史郎衣服扯破、流血回家，可是六年來破天荒頭一遭。還是說在這個學校裡，打架撕破衣服、受傷回家是家常便飯嗎！」

「絕對沒有這回事……」

中川連忙否認。

「打到衣服破掉、流血的情況雖然很少，但打架的原因卻不是嚴重的事情。是孩子之間常有的事。當雙方堅持己見的時候，一般都會有一方退讓，但這次是因為雙方都不肯退讓，最後才會打起架來。我想並不是哪一方有錯。所幸，傷勢並不嚴重……」

「要是留疤你要怎麼賠！」

博史把話吞回去。

兩天前，坐在同一個地方的石場妙的話瞬間在腦海中閃過。

「養出一個一輩子都沒有一道傷疤的兒子，這種丟臉的事我做不來。」

惠子的話還沒說完。

「這樣誰要負責？說到日高老師的班級，新學期才開始就問題不斷，根本沒怎麼上課不是嗎？問題全出在日高老師班上，難道不是因為日高老師的管理能力顯著低落嗎？開學那天受傷的同學，還有昨天史郎受傷，我聽說都不是下課時間，而是在上課時間發生的。」

博史低著頭，忍受她的連番責罵。

「我們這些媽媽都在說，再這樣下去讓人很擔心。我是不想這麼說，但你知道嗎？大家都說轉學生轉來之後，上課的程度都降低了。這些話每個人都想說，只是怕被當作囉嗦的家長，才沒開口而已。為了大家，我才義不容辭地出面……」

所謂的「大家」，指的一定就是「我」。抱怨的人絕對不會說「我」。而是說「大家」。就算真的不是一個人，頂多也就是兩、三個人在咖啡店抱怨得不亦樂乎。幾個媽媽聚在一起，一肚子不滿的人自顧自抱怨完之後，以一句「妳們不覺得很過分嗎？」徵求同意。這麼一來，其他人也不好意思反對，會這樣隨便湊合幾句：

「那的確是有點過分。是有點思慮不周。」

於是這就會被當成「大家都持相同意見」。

博史認為大抵都是這樣。

「想讓孩子上私立國中的家庭都在嘆氣，說讓孩子去上學根本是浪費時間。」

既然中川和佐佐木都站在惠子那邊，博史能做的，就是一味低頭道歉，忍氣吞聲，直到風暴過去。

七海沒有走平常回家的路，而是走向商店街。

快來到一家花店前時，她放慢腳步，從馬路對面若無其事地朝店裡看。

一個年輕女子正站在那裡忙著。

七海尋找別的人影，但沒看見。

她過了馬路，怯怯地走近「中村花坊」。

店外小盆栽等等擺飾得很漂亮。

七海假裝欣賞盆栽，窺伺店內的狀況。

七海記得，她騎腳踏車衝出路口差點被車撞的時候，從商店街出來的那輛帆布蓋小貨車門上，便寫著「中村花坊」。

從此之後，七海就很在意這家店。

入口的玻璃門上張貼著「急徵計時人員」的告示。

在條件的地方，標明「須有汽車駕照（主要工作內容為送貨）」。

她正在看這張告示的時候，穿著圍裙的中村美保對她說：

「想找打工嗎？」

七海吃了一驚，朝美保看。

「不是的！那個，對，呃……我在想，國中生可不可以。」

七海當下隨口扯了根本沒有的意願，回答了美保。

「很可惜，國中生不行哦。我們在找會開車的人。」

美保雙手交叉架在胸前，看了看以紅字大大寫著的「急徵」告示。

「我老公的駕照被吊扣了。」

「咦！駕照被……吊扣？」

七海的心臟差點從嘴裡跳出來。

「真是個呆子！沒車就沒辦法工作，卻偏偏被吊扣駕照。」

「有沒有受傷……」

美保笑了。

「我老公是沒事啦……。嗯？歡迎光臨。」

美保走向新進來的客人。

七海沒有勇氣再談下去。她自己也知道開車的人沒有什麼傷勢。問題是倒在路上的婆婆。

新客人要買花束，好像會花一點時間。

就這樣回去七海會覺得很內疚，便決定買下眼前的小盆栽再走。錢包裡應該有五百圓才對。

自己害這家店遇到困難，至少要對業績有點貢獻才行。這是七海心中一點賠罪的意思。

她拿起可以單手握住的一個小巧盆栽，朝正在做花束的美保走過去。

「啊，等等我哦。」

美保注意到七海，手裡忙著綁花束，嘴裡一邊這麼說。

「沒關係。錢我放在這裡。」

說完，七海把五百圓硬幣放在工作台的一角，行了一禮就轉身背對美保，朝出口走去。

「啊，等等，找錢！」

「不用了。」

說完，七海便快步離開了花店。

回到家，七海便把那個盆栽裝飾在自己房間的窗畔。沒想到與房間這麼相配。她自己也很滿意。

傍晚，覺得有人回來了，七海便從房間出來。

本來以為是信子，結果是博史。

「喔喔，七海，妳回來啦。爸爸回來了。」

「歡迎回來……」

博史的聲音語氣聽起來累極了，七海也以同樣消沉的語氣回答。

如果沙織在學校說的都是真的，那麼接下來博史應該會說：

「我有點話要跟妳說。」才對。

但七海感覺不出這種氣氛。於是七海決定自己主動提提看。

「爸，我想跟你說前天的事……」

「前天？怎麼了？」

「在惠比神附近……」

「惠比壽神社附近？……怎麼了嗎？」

博史果然不知道。既然這樣，沙織究竟在胡說什麼？純粹聯合大家把七海「當空氣」為樂嗎？

現在顧不得去想這些，得把話接下去才行。七海必須趕快動腦。

「呃……那個……大家都說有鬼，爸聽說了嗎？」

「有鬼？哦，好像是小朋友們在說。惠比壽神社有鬼的事傳開了啊？」

「嗯。聽說是穿和服的女人的鬼魂。」

博史露出笑容。一副壓根兒就不信的樣子。這一類的話題在小學生之間司空見慣。每一所學校都有七大不可思議的怪譚。大概全日本每一所小學的學生都會說，掛在音樂教室裡的作曲家肖像眼睛會轉動吧。七海也不相信有鬼這種事。

「不過，原來惠比神的全名叫惠比壽神社啊？」

七海順利改變了話題。不過，她不知道也是事實。

「對啊。本來應該是祭拜惠比壽神的吧。妳本來以為是什麼？」

「我以為是有一個很愛比東比西的人，所以大家就說他很『會比』。」

博史放聲笑了。七海也不禁對自己可笑的胡扯笑了。不用想都知道，神社的名字不可能是這樣來的。

不過，他們父女好久沒兩個人一起笑了。

「『很會比』嗎？這個好笑。」

「想一想真的很好笑，可是我猜大家一定都不知道。雖然不知道，可是大家都說是『惠比神』，所以自己也就跟著這麼說了。」

「很有可能。」

博史從「大家都這麼說，所以自己也跟著這麼說」這句話，想到今天發生在自己身上的事，笑聲就變輕了。

每個人都不明原由，只是因為「大家都這麼說」便一味盲從。

笑了一陣子，一片奇異的寂靜落在博史與七海之間。

不願沉默而主動接話的，是博史。

「奶奶呢？」

「好像還沒回來。」

「真拿她沒辦法。」

「奶奶去哪裡了？」

「看戲。最近好像入了迷。」

博史抬起沉重的身軀。

「那，只好由爸爸來做晚飯了。」

博史打開冰箱，往裡面看。剛回家時那鬱悶的氣氛不知跑到哪裡去了，腳步變輕了，神情也開朗了。和女兒兩人相對大笑，對博史而言，是會趕跑一整天疲憊的開心事。

七海知道博史不曉得前天發生了什麼事，暫時放心了，但同時，卻開始煩惱是不是該絕口不提，就這樣讓事情過去。

假如倒在斑馬線上的那位婆婆平安無事，也許不說也沒關係……七海雖然決定抱著這種苟且的想法，但其實她心裡知道必須好好地把這件事說出來。

可是，這時候的七海，實在沒有向父親坦白的勇氣。

「日高老師！」

佐佐木低沉的聲音從身後響起。

博史提心吊膽地回頭。

以眼神問：「今天也是嗎？」

得到的是嚴厲的眼神：「今天也是。」

新學期開始連續五天。

「有您的電話。」

「是黑岩史郎家打來的嗎？」

「不是，是赤木健一同學的母親。」

博史一瞬間露出「糟了」的表情。

同時發生了太多事，他忘了之前答應要跟健一的母親赤木寬子聯絡，聽到名字才終於想起來。

拿起眼前的電話聽筒，按下外線的紅燈。

「赤木太太您早。健一同學的情形怎麼樣？」

「健一說今天身體也不舒服，想請假。」

「是嗎……」

「那麼，老師那邊有什麼進展嗎？」

「沒有，我和石場寅之助同學談過了，看起來不像是與健一發生過什麼爭執的樣子。寅之助雖然不肯告訴我詳情，但對象可能是寅之助以外的人。」

「不是轉學生，是其他同學……是嗎？」

寬子尋思。

「您有什麼印象嗎？」

「我也不知道，不過他說補習班也不想去了。」

「補習班嗎？」

「是的。我倒是沒聽說轉學來的寅之助同學也上同一家補習班，會不會是那邊的人際關係發生了問題……」

在這裡用電話談，似乎也談不出個解決辦法。

「我想直接和健一談談，今天放學後，方便到府上拜訪嗎？」

「嗯……好的。那就等老師來。」

博史掛了電話，看了時間。

今天應該來得及趕上上課時間。

他匆匆抱起點名簿等東西，趕往教室。

都教學生不得在走廊上奔跑了，博史當然也不能用跑的，但他很擔心教室一早的情形，腳步自然而然就加快了。

博史白擔心一場，教室裡充滿了開朗的氣氛。

而這氣氛的來源是寅之助。

他的外表雖然與一般同學不同，但個性開朗，不屈服於不合理的霸凌。功課方面雖然不會，卻不因此感到自卑，還會由衷稱讚會的同學，讓被稱讚的同學笑得心滿意足。

「秀吾君真是天才。像我，絕對解不了這種問題。啊啊，就是一個字，棒。」

坐在他後面的井上秀吾，光是聽到他這麼說，便露出前所未見的開心表情。寅之助在班上一天比一天受歡迎，現在已經快成為核心人物了。

反觀之前班上的核心人物，史郎和青柳信二那個小團體，則是靜靜待在教室的一角。

史郎、信二，以及赤木健一。以前都是他們在拉動班上的氣氛。而他們的拉動，包括了好和不好這兩個方向。無論是朝哪個方向，孩子們為了不被排擠，只能配合。

和那時候比起來，現在多了許多神情開朗的同學。

史郎遠遠看著寅之助，視線中最早「要讓你成為大家的笑柄」的那種氣氛，變成了嫉妒。

他的變化，對博史而言是需要多加留意的，但應該不至於馬上就發生問題。

博史決定不要太過擔心，帶著笑容走進教室。

「小孩子嘛。不久就會玩在一起吧。」

他這樣告訴自己。

結果，這天沙織對七海的態度依然不變。

昨天母親惠子便質問沙織：

「妳說的惡作劇電話，那是史郎的級任老師打來的對不對？怎麼不轉給媽媽？」

所以沙織知道博史來電，並不是針對自己所做的事，但她一點也不想撤回因為自己的誤會而說出去的話。

七海不再和之前來往的團體說話，在學校裡也收斂許多，但她覺得現在自己反而自在，開始認為：

「也許這樣才好……」

凡子和幸子也開朗地接納她。

和沙織她們在一起的時候，總是以講別人的壞話或是取笑別人來充當話題，但和凡子和幸子在一起的時候，都不會說到這些。會去說那些取笑別人的話，也許是因為怕自己不在場的時候也被別人說吧。

對七海而言，這樣的變化並不壞，但凡子或許是覺得七海不像過去那麼有精神，常常跟她說話、關心她。

一放學，就會來約她：

「一起回家吧？」

「凡凡，妳人真好。」

七海忍不住這麼說。好久沒有真心稱讚別人了。

這陣子七海的口頭禪都是以「機車」「真噁心」「笑死人了」為主，所以真的覺得好久好久沒有因為稱讚別人而感到心情愉快了。

「可是，今天先不要，因為我要先去一個地方。」

「嗯，好。那我們下次再一起回家吧！」

「好！」

七海笑著點頭。

七海來到中村花坊前，和昨天一樣，從馬路的另一邊觀察店裡的情形。

還是只看到美保忙來忙去。

她和昨天一樣，過馬路朝店門前擺放的盆栽走去。

美保注意到她，走過來。

「歡迎光臨。昨天妳沒等我找錢呢。不好意思，妳一定是在趕時間吧。今天是來拿的吧？」

七海連忙搖手。

「啊，不用了，真的。我是想今天再買一個。」

美保開心地說：

「是嗎？昨天那個妳喜歡嗎？」

「喜歡。放在房間裡好漂亮，所以想再買一個。」

七海蹲在店頭開始挑選。

「妳等我一下喔。」

美保進了店裡，拿了一個小盆栽出來。

那是一盆小小的觀葉植物，花盆和她昨天買回家的那個一樣。

「妳看這個好不好？」

「哇啊！好可愛。我要買這個。」

七海說的不是客氣話，她一看到就好喜歡。

「那，妳昨天也來光顧，我算妳便宜一點。」

「不用了、不用了。照定價就好。」

美保不肯。

「妳是國中生呢！買東西要精打細算。要給小費，再等十年吧！這時候就要說『謝謝』，然後接受別人的好意。」

被美保這樣教訓，七海露出苦笑。

「謝謝。」

「妳等等喔，我幫妳用袋子裝起來。」

七海跟在美保身後走進店裡，嚇得心臟差點跳出來。

一個男人坐在店裡的圓凳上，正在幫花浸水，但七海在店外的時候沒發現他在。

他就是幾天前七海看到的那個，從帆布蓋小貨車上跳下來的司機。

中村達也注意到國中女生走進店裡，停下手上的工作，坐著面向七海，露出笑容開朗地說：

「歡迎光臨。」

七海還是很緊張，什麼都沒說，把臉別開。

達也沒有異狀，立刻回頭做他剛才的工作。

美保從收銀台後對達也說：

「老公，她就是我昨天跟妳說的國中女生。」

達也朝背對著他的七海說：

「哦，就是妳啊……。妳昨天也來買東西，謝謝啊。」

「哪、哪裡。」

七海背向著達也行禮。

「來，給妳。」

七海從美保手中接過裝在袋子裡的盆栽，匆匆朝店外走。

「下次再來哦！」

美保和達也開朗的聲音從身後傳過來。

七海的心臟怦怦大聲猛跳。

快步走了好一段距離，七海才回頭看花店。

「看那個樣子，他大概不記得我了……」

雖然是突然的重逢，但無論七海再怎麼回想，剛才達也看到自己的那一瞬間，都感覺不出表情有什麼變化。

中村達也的樣子，讓七海的心頭輕了不少。

他沒有很煩惱憂心的樣子。那時候倒在地上的婆婆，傷勢一定不怎麼嚴重吧。

七海很寶貝地抱著裝在袋子裡盆栽回家。

轉機

「日高老師，一起走吧？」

旁邊的松葉問。

「松葉老師要往哪個方向走？」

「我想從樋之口那邊開始。」

「這樣的話，跟我是反方向……」

「好的。那麼我先走了。」

說完，松葉拿起披在椅子上的外套，離開了辦公室。

博史也追隨他般站起來。

經過佐佐木教務主任辦公桌前時，小聲說：

「我先出去了。」

但一臉苦相的佐佐木什麼話都沒回。

從鞋櫃裡取出皮鞋和鞋拔，小心穿上，扣好外套鈕釦。從公事包裡拿出地圖，確認根來太郎家的所在，說聲「好！」給自己打氣，然後走出了教職員專用的門。

上週一整週，平安無事地過去，令人感到紛擾不斷的第一週簡直就像沒發生過似的。

本想去探望赤木健一的那天，母親寬子來電表示：

「他說他不希望老師來。下星期就會好好去上學。因為他本人都這麼說了，所以我想今天先觀察他的情況，就不勞駕老師了……」

而健一真的信守承諾，下週就開始來上學。

孩子們的世界一定也發生了許多變化吧。

班上的氣氛有了很大的轉變，和五年級時大不相同。

整體變得很開朗，大家都笑口常開。

至少，博史的感覺是如此。

只是，唯獨史郎和信二，還有健一的這個小團體還是一樣，沒有融入這個氣氛，看起來很像在賭氣。

也許，上週一整週是暴風雨前的寧靜。

即使如此，寅之助的確被班上同學接納了。儘管功課還是一樣不行。有些科目甚至連二年級的程度都不到。

關於這一點，博史今天非談不可。

當然，若能藉家庭訪問看看家中的情形，也就能夠知道寅之助為何總是穿著大人的舊T恤和剪掉一半似的男用長褲了。

博史也知道經濟可能是最大的理由，但連一件孩子穿的衣服也沒有，也未免太奇怪了。

從各方面來看，「石場寅之助」都是博史最感興趣的對象。不止寅之助。博史對只交談過一次的母親石場妙也很感興趣。

最近，博史每天都自問：

「我真的要一直當這種老師嗎……」

而觸發他的，自然不是別人，正是寅之助母子。

在此之前，他只想著：

「無論如何，絕對不能發生問題……」

他下意識地認定，只要不出問題，不出事，這樣管理孩子就是優秀的學級經營。

推翻了這個想法的，是妙的一句話：

「我不願意他長大之後，在應該挺身主持正義的時候，害怕受傷而裝作毫不關心，逃之夭夭。」

那句話帶給博史的衝擊，宛如當頭棒喝。

「自己身為教育者，怎麼會變成一個不說出自己的意見、滿腦子只顧著不要忤逆家長的老師……」

不知不覺間，自己變得膽小怕事了。對於不以為然的事情：

「只要閉上眼睛，未來就有保障……」

他自己也早已發現，自己內心深處有這種想法。

曾幾何時，自己已經變成一個自己不想當的人，一股恨不得甩開過去的自己的衝動驅使著他。

那天，妙說：

「養出一個一輩子都沒有一道傷疤的兒子，這種丟臉的事我做不來。」

博史摸摸自己左眉上的那道傷疤。那是博史小學時，在惠比神社那裡被別的小學生圍毆造成的。

在學校不可以讓學生受傷。
在學校不可以讓學生打架。
在學校不可以發生問題。
不可以讓學生功課不好跟不上。
不可以讓學生因為考試受到挫折。
不可以讓要升學的學生受到挫折。
不可以讓學生受到大挫折。
不可以讓學生受到小挫折。

在內心深處，吶喊著：「教師的工作不是對家長有求必應！」對於中川和佐佐木所採行的先低頭道歉再說的息事寧人主義深感厭惡，但自己的所作所為，卻也是「不讓學生受到挫折」。

應該是相反才對吧。

學校就是為了讓學生們體驗許多挫折失敗的地方。

也是學生們學習要如何從這些挫折失敗中站起來、加以克服的地方。

學校存在的目的，絕對不是讓學生們一點挫折失敗都沒有，平平順順地學會六年的課業內容。人際關係的摩擦當然也是如此。從來沒有和誰發生過任何摩擦，對孩子而言絕對不是好事。

其中有沒有「教訓」?

博史開始覺得，自己所施行的教育，只是逃避責任而已。

遇見妙之後，博史感到身為教師的熱血開始沸騰。

「我不能一直做這種事。我不是為了當這樣的老師才當老師的！」

內心發生的化學變化，在他與寅之助兩人單獨談話時，化為言語。

「你不必道歉。你說的沒錯。學校是讓大家經歷『失敗』的地方。失敗的時候，就把失敗化為『教訓』。只是這樣而已。只要能夠從這次經驗中學到東西，和過去的自己有所不同，這樣就夠了。」

在夕陽染紅的教室裡，對寅之助說這番話的時候，博史是真的這麼想的。

而他也因為自己所說的話覺醒了。

「拜託，千萬別在自己的班上出問題。」

他不再這麼想了。

「不多為孩子們準備一些能夠挫折失敗的地方，他們就太可憐了。」

這樣的心情越來越強。

「多為大家準備一些能夠體驗挫折失敗的地方吧。然後為他們加油打氣，讓他們能夠得到從中站起來的勇氣。這才是我的工作。課業方面也一樣，與其只想著要讓他們好好念書，不如去想怎麼樣才能儘量讓他們得到有用的失敗經驗，才是最好的教學，不是嗎。」

這兩週，博史內心發生了巨大的變化。

這一切，都是從遇見寅之助與妙這對不可思議的母子而展開的。

想著想著，博史已經來到掛有「根來」門牌的房子前了。

大門後是一座寬廣的庭院，庭院之後是一幢看來屋齡相當老的木造兩層樓主屋。建築以ㄇ字形環繞庭院，左側是倉庫，右側是一幢小小的木造兩層樓小屋，左右對立。

博史想找對講機卻沒找到，便推開大門走進去。走過穿越庭院正中的石板道，站在正面的主建築前。

「請問有人在嗎？」

博史認為他已經放大了音量，卻沒有人回應。

無奈之下，只好拉開入口的拉門，探頭往裡面看。

「不好意思，我是上神小學的老師日高。」

屋內昏暗，鴉雀無聲，但後面的起居室有人的動靜。

出現在入口的是根來。

「老師，今天有什麼事嗎？」

根來客氣地邊行禮邊問。

「今天我來做石場寅之助同學的家庭訪問……」

「哦，是這樣嗎。石場母子住在那邊的小屋。我來帶路吧。」

根來這麼說，走下來到硬泥地上，穿上鞋子。

博史正想跟著根來向外走時，瞥見鞋櫃上掛的扁額，吃了一驚。雖然是頭一次看到實物，但那似乎是獲得動章時頒發的獎狀。

名字的地方寫著「根來太郎」。

看到那個全名，博史想起了這位老人是誰。博史還小的時候，這位老人應該是當地的市長。

博史只有在小學的寒暑假來過外婆家所在的這個小鎮，但那時候他聽過這個名字。就次數而言，應該只有寥寥幾次，博史也很驚訝自己竟然還記得，但他確實記得。

「根來太郎。請支持根來太郎。」

競選車中不斷傳出女子的廣播聲，這一帶的孩子經常模仿。博史不知道究竟是「根來、太郎」還是「根、來太郎」，還問過母親信子。不過仔細想想，就知道不會有「來太郎」這種名字，但小孩子就是老實。

這麼一來，博史就知道為什麼在校長室頭一次見到這位老人的時候，會覺得似曾相識，也明白為什麼校長中川的態度那麼客氣了。想必這位老先生至今對這裡的施政和教育委員會還是有很大的影響力吧。向來遇弱則強、遇強則弱的中川，對老人的態度說明了一切。

根來邊穿過庭院邊向博史說：

「日高老師，你聽說過惠比神那裡的傳聞了嗎？」

「咦？惠比神嗎？」

博史心想，這問得真叫人意外。

「孩子們吵著說有鬼有鬼的……」

博史帶著孩子們真傻的意味笑著這麼回答。

「是嗎……」

根來這麼說，仍是面不改色地繼續朝小屋走。

然後，幾乎抵達入口時，頭也不回地小聲說了句：

「搞不好，真的有哦。」

「咦！」

根來不理吃驚的博史，已說起另一件事。

「來，我去叫阿妙吧。請老師在這裡稍等。」

「啊……好的……」

根來一拉開拉門便說著：

「阿妙，妳在嗎？我進來囉。」

脫了鞋走進去。

博史卻感覺不到裡面有任何人的動靜，似乎沒人在。

博史等了好一會兒。

根來回來時，已經過了將近十分鐘了。

「哎呀呀，阿妙總算來了。老師請進。」

聽這說法，難道她本來不在嗎？——博史感到奇怪，但配合老人脫了鞋進屋。

在拉門圍繞的昏暗和室裡，阿妙穿著上次那身和服正端坐等候。

「謝謝老師專程前來。」

深深行禮的阿妙面前，準備好了茶器。

「請。」

「謝、謝謝……」

應阿妙之請，進了和室的博史戰戰兢兢地隔著茶器在阿妙正對面正座。

「男士盡可隨意盤坐。請不要拘束。」

「謝謝。」

博史道了謝，但還是危襟正坐。

「沒有什麼好招待的，難得老師前來，想請老師喝杯茶。」

「哪裡，請別這麼客氣……」

妙沒聽博史的話，開始動手泡茶。博史也沒有加以阻止。

博史四處打量這個房間。裡面幾乎空無一物。他覺得其他房間似乎也是如此。心中不禁起疑：他們真的住在這裡嗎？完全沒有生活的感覺。

「寅之助有沒有給老師添麻煩呢？」

妙問。

「頭幾天和其他男生有些衝突，但現在已經完全和班上同學打成一片，過得很開心。大家都很喜歡他哦。」

妙的表情變得開朗了些。

「是嗎。那真是太好了。那孩子……」

阿妙似乎有些難以啟齒，話說到一半便不再說了。

「寅之助同學怎麼了……？」

博史接話，希望她繼續說下去。

「老師也知道，他和別的孩子不同。」

博史笑了。

「是啊。他很特別。不過我很喜歡特別的寅之助。」

妙只是點了一下頭。

博史繼續說：

「只是有一點令人擔心……。我想他的學習能力有點問題。」

妙面不改色，默默繼續準備泡茶。

「國語的問題不大，但數學方面，他不懂九九乘法。小學二年級的內容都不會的話，明年上國中會很辛苦。我想最好趁現在趕快補救。」

妙轉動著茶筅，開始泡茶。

博史從阿妙身穿的和服磨損嚴重，以及寅之助衣物的破舊程度，也看得出這對母子沒有錢，但他想不出該如何提及這方面。

妙在工作嗎……？如果沒有的話，她又是怎麼維持生活的……？

「話是這麼說，要去補習就需要花錢……所以，如果石場太太同意，我想每天放學後給他個別輔導一下。從現在開始的話，在小學畢業前一定可以趕得上的。事實上，寅之助同學非常聰明。如果是大家都沒學過的事，他的理解比誰都快，而且最重要的是，他非常樂於學習。我頭一次教到上課時眼神那麼充滿期待的孩子。我想他一定……」

「真的很抱歉……」

妙以略大的聲音打斷了博史的話。

「老師的心意，我們很感激。謝謝老師。可是我們萬萬不敢當。」

「不，石場太太，不是這樣的。」

博史不肯打退堂鼓。

「這是我的工作。既然看到寅之助目前的狀況，我就不能視而不見。而且……而且，這也是我對石場太太的感謝。」

「感謝……？」

「是的。其實，我在遇見寅之助同學以後，石場太太，遇見妳之後，得到了非常寶貴的教訓。我希望能有所報答。」

妙將泡好的茶推到博史面前。

「謝謝老師。能得到老師這幾句話，是我們的榮幸。但是，我們母子不知道能在這裡待到什麼時候。這裡不是我們真正的家……」

博史語塞了。

有一些家庭狀況是外人不能插手的。看妙和寅之助的樣子，這裡應該也是根來好意免費讓他們使用的。

什麼時候叫他們「給我滾」也不足為奇。

博史不能詢問詳情，但也不能就這樣結束話題。

「假如您無法待在這裡的話，有地方可去嗎？」

這對母子的境遇可能淒苦得遠遠超乎博史的想像。但是，他們母子對衣著襤褸絲毫不以為恥、妙高雅的舉止、寅之助的開朗，在在都讓博史心頭發熱。沒有辦法幫助這對母子嗎？

一股熱情，不，這只是博史的一頭熱，但他紅了眼眶。

儘管如此，自己也無法為他們做些什麼。

「沒有。」

——預期著這個答案的博史，一時之間懷疑自己聽錯了。

「回我們真正的家。」

博史的想像力頓時創造出與先前截然不同的世界。會不會是寅之助有父親，而他們母子無法忍受父親的暴力而逃走？然而，父親賴在家裡不肯走，妙和寅之助無家可歸，所以他們才會來這裡寄人籬下。

「石場太太本來的家在哪裡？」

妙凝望了自己的膝頭好一會兒，但最後嘆了大大地一口氣，小聲說：

「在惠比壽神社面前。」

「惠比神……前面……？」

那裡現在已經變成停車場，上面沒有建築物才對。而且，如果那裡屬於同一個學區，寅之助也沒有轉學的必要。

「怎麼回事……」

博史的猜想一一落空，腦中混亂不已。

放學後經過中村花坊，已經成為七海的日課。中村達也和美保也是一看到七海，就算不是去買東西，也會招呼她：

「放學啦？」

今天，七海也來到店門前。

「放學啦。今天好早喔。」

美保對她說。

「是啊。我今天是來買盆栽的。」

「妳房間已經全是盆栽了吧？」

七海這兩週就買了四個盆栽。

「不是的。我想送朋友當禮物。」

凡子的生日快到了。如今七海的朋友圈已經有了一百八十度的轉變。

在學校裡，她也常和凡子和幸子在一起，不再和沙織的團體說話了。

當然，本來和沙織她們一起上的補習班，也在凡子的介紹下換了新的補習班。

雖然之前的補習班老師強力挽留，但七海的心意不變。

「要選哪一個呢？」

七海蹲在店頭選起盆栽，達也也注意到她了。

「喔，妳今天也來啦？」

「你好。」

七海打招呼。

「妳來得正好。來這邊一下。」

達也招手叫道，七海便進了店內。

「吶，這位就是之前跟您提過的國中女生。」

因為大型的觀葉植物盆栽擋住，從七海那裡看不到，但達也對店裡的人這麼說。

來到看得到達也說話對象的地方，七海的表情凍結了。

那裡坐著一個一手拄著枴杖的老婆婆。

就是那天在惠比神前的十字路口倒在斑馬線上的老婆婆。

「妳好。」

遠山彌生以溫柔的笑容向七海打招呼。

七海行了一個禮，勉強回應一聲「您好」。

「坐呀。我來倒冰咖啡。」

達也要她坐。七海想拒絕，卻說不出話來。

「來，坐嘛。」

在遠山彌生招呼下，七海坐下來。

眼睛不知道該看哪裡才好，但彌生的模樣就映入眼中。她的左膝上裹著繃帶。也許沒有枴杖就不能走了。

「我聽這裡的老闆說了。有個心地善良的女孩子每天都來店裡。」

七海猛搖頭。

「沒有……我才沒有心地善良……」

彌生盈盈微笑。

「我也認為妳真的是個善良的孩子。」

說完，她將自己的手輕輕放在七海的手上。

七海注視著彌生。

彌生邊點頭邊說：

「沒關係的。」

看樣子，彌生早就知道自己就是那時候騎腳踏車的國中生了。不僅如此，達也也早就發現了。

七海一張臉漲得通紅。

「對不起。我……」

說到這裡，眼淚就奪眶而出。

「我不敢說實話……可是又好擔心……」

「沒關係的。都過去了。妳看，我很好。而且，妳也得到了很好的經驗呀。」

彌生輕輕摩挲七海的肩。

七海哭了一陣子，收了淚，吸著鼻水說：

「這樣還是不好。我要好好地說出來。」

說著，她站起來。

「達也大哥，也請你聽我說。我想好好向你道歉。」

達也抓著頭，取下綁在頭上的毛巾。

「不用了啦。妳來這裡也需要勇氣吧。妳很了不起呢，七海。」

「達也。既然七海想說，就好好聽她說吧。這對她來說，需要非常大的勇氣呢。可是，能夠說出來，她會成長很多。對不對？」

彌生這麼說，然後望著七海。

七海眼淚流個不停，點點頭，然後把那天蹺課沒去補習、在朋友家喝了啤酒、跑到惠比神假裝去補習，兩個人雙載結果在那裡出車禍……將一切依序說出來。

「我爸爸是小學老師，要是人家知道身為女兒的我做了這種事，很可能會被迫辭職，我爸爸一定也沒想到我竟然會蹺課沒去補習，還喝酒，一想到他知道這些事之後會怎麼樣，我就好怕好怕，我……」

七海控制不了情緒，又開始啜泣。

「對不起。」

「沒關係啦，一切都沒事了啊。遠山老師的腳雖然受了傷，不過好像也不太嚴重。我也一樣，差一點就撞到妳們其中一邊了。要是真的撞到，就不能繼續工作了。我是說真的，沒有撞到真的太好了……」

「可是，嗚嗚……可是我害你被吊扣駕照。」

達也愣住了。

「吊扣駕照？哦……妳聽美保說了啊。不是啦，那是因為我在送貨的時候違規停車。」

「違規停車？」

「對，違規停車。所以被記點記滿了，被罰吊扣駕照。」

「那時候的車禍……」

「那個喔，我沒有報警啊。」

「咦！」

七海看看彌生又看看達也。

「我的車沒撞到七海也沒撞到遠山老師，可是遠山老師嚇得跌倒受傷了，所以我本來說要叫警察的。結果遠山老師罵我說不行。如果有車禍證明，去醫院治療就不用花錢，所以我就說要報警，可是老師說她沒受傷，不用報警。」

「昭和初年（約一九三〇前後）生的人是很頑固的。」

彌生笑著這麼說。

「是我自己嚇得忘了怎麼騎車。把這一點怪在年輕人頭上，等於是承認我老了，多丟臉，我才不好意思這麼做呢。而且，我好像也不該再騎腳踏車了。其實我女兒早就唸過我了，叫我別再騎車。我堅持說我沒問題，可是還是女兒說的對。

「她說，我擔心的不是媽媽，是怕妳造成旁邊的人的困擾，給別人帶來危險。本來我還覺得她真瞧不起老人家，但這次的事證明了她是對的。所以，這次對我來說也是一次很好的『教訓』。神明是藉此告訴我，我騎車會造成旁人的困擾，別再騎了。」

「可是，我還是害您受了傷……」

「神明讓我受了點皮肉傷，好告訴我更重要的事呀。」

彌生的話救了七海。

「也讓妳得到了一次很好的經驗。」

七海點點頭。

「運氣差的孩子呀，做了壞事也不會被發現。妳才國中生就偷喝啤酒，心裡是不是覺得自己做了不該做的事，偷偷後悔？」

七海小小點了點頭。

「可是，妳運氣很好。覺得自己做了不該做的事，當天就遇上了車禍，讓妳馬上後悔自己做的事對不對？妳一定下定決心，以後再也不要蹺補習班、再也不要說謊，也不敢背著父母做壞事了吧。」

七海又點了一次頭。

「像妳這個年紀的孩子，就是要多失敗、多遇上挫折。有時候，就像這次，不免會得意忘形，玩過了頭。運氣不好的人，不會被大人發現，也沒有挨任何人的罵，然後這就成為愉快的回憶。所以他們會一再這麼做。一直重蹈覆轍，又沒被發現，不會挨罵，這些運氣不好的人最後會怎麼樣，妳知道嗎？」

七海搖搖頭。

「他們會以為只要不被發現，做壞事也沒關係，一直到很久以後犯下無法挽回的錯，才會發現。」

中村達也的神情有點黯然。彌生可能是注意到他的變化吧，便以更溫柔的聲音說道：

「可是，沒有真正無法挽回的錯誤。只要活著，每個人都可以展開新的人生。只要好好認清自己做了什麼，好好道歉，從中學到教訓，其實，我們每個人隨時都可以展開新的人生。

妳在出大事之前，就從這次的事得到了教訓。

妳在人生中經歷的無數失敗，就是為了讓妳得到『教訓』。所以這次也是，妳做了壞事，馬上就失敗，是很幸運的。

妳之前的人生也許就是為了讓妳得到這次『教訓』也說不定哦。而今天，從現在這一刻開始，得到教訓之後的人生就開始了。因為這樣，妳的人生就會走向和妳得到教訓之前完全不同的方向。當然，是朝著比過去更幸福的方向走。妳明白吧。只要覺得『我失敗了』，就不要逃避，要從中得到教訓，再活出新的人生。以後也一直都要這樣哦。」

七海大大點頭。眼中不斷湧出大顆的淚珠。

彌生碰地一聲朝膝蓋一拍，挺直了背脊。

「好啦，我也該回去了。我得回去準備晚飯了。」

彌生拄著枴杖緩緩從椅子上站起來，達也扶著她。

「我幫您拿東西。」

七海提起放在桌上的購物袋。

「謝謝。那麼，就麻煩妳幫我拿到半路吧？」

七海擦掉眼淚，紅通通的眼睛望著彌生微微一笑。

中村達也和美保都到店門口目送兩人。

七海走了一小段路，回頭向兩人揮手。

「今天能和您談談真是太好了。因為我一直掛在心上。」

「是啊，能誠實地說出心裡的話，真好。」

「是的。可是，原來達也大哥也早就知道我就是那時候騎腳踏車的國中生了。」

遠山彌生緩緩點頭。

「那孩子真的是個好孩子。」

「是啊。」

七海也只能這麼說。因為在彌生眼裡，想必許多年紀不小的人也是被當作孩子看待吧。

「以前，大概像妳這麼大的時候呀，他是人家口中說的暴走族。」

「咦！是嗎？」

「他呀，詛咒自己的境遇，只顧著自己的心情，每天晚上都去飆車。然後運氣不好……沒被警察抓到，也沒摔車受傷，也沒害別人受過傷。結果呢，他花了好久的時間，才領悟到自己不能一直這樣混下去，像一般人一樣去工作。在那之前，他一直都是靠飆車來發洩的。」

「是……」

七海很難想像達也竟然也有那樣的過去。

「達也是在不知不覺過了飆車的年紀，其他夥伴有的去工作了，人漸漸越來越少，他也就開始去工作。可是啊，有一次，在工作中與客人聊起了自己的過去。說起自己以前曾經混過的英勇事跡。結果那個客人大發雷霆。」

「為什麼？」

「那位客人的妹妹住的大樓面向大馬路，每天晚上都有暴走族在那裡飆車。聽到噪音那麼大的一群摩托車經過，沒有人不會被吵醒的。就算是深夜，也會一下就被吵醒。當然每個人都覺得很困擾，但妳知道最困擾的是誰嗎？」

「早上就要上班的上班族……？」

「他們當然也很困擾。不過比他們更困擾的，是有小嬰兒的媽媽。」

「小嬰兒？」

「對，小嬰兒。等妳將來有了孩子就會懂了。要把嬰兒哄睡真的不是件容易的事。餵奶啦、唱歌啦，要哄得小嬰兒舒舒服服的他才肯睡覺。這時候當媽媽的才有自己的時間。要訓練孩子到他們會好好睡覺，得要二、三年的時間呢。可是，要是暴走族經過會有什麼結果，妳應該猜想得到吧。」

「嬰兒會醒過來。」

「對。當媽媽的人平常帶小孩壓力就很大了，寶寶被這樣吵起來，就會很難哄。又要從頭來過。壓力當然就更大了。結果，那位客人的妹妹得了產後憂鬱症，離了婚，孩子還被歸給先生那邊，精神受創，住進了醫院。達也這才發現，本來以為自己是社會和大人們的被害者，結果自己其實是加害者。儘管他不知情，卻造成了無可挽回的結果，他很後悔。那時候達也的工作很順利，每天過得很幸福，所以他更加苦惱，覺得怎麼可以只有自己幸福呢。

那位客人的妹妹住的公寓大樓，正好就面向達也他以前飆車的那條路。」

「原來如此……」

「知道這件事之後，達也就每天都送花給那位客人的妹妹。」

「一直嗎？」

「對，一直。雖然不敢奢望人家原諒他，但他心裡祈求著，至少能讓他送花表達歉意。」

「現在也還一直繼續嗎……」

彌生搖搖頭。

「後來那位妹妹的狀況好轉，達也也得到了她哥哥的原諒了。當然，她會離婚、得產後憂鬱症，原因不單單是暴走族的關係。那位客人當時把氣全都出在達也身上，心裡大概也覺得很過意不去吧。」

「這世界真是處處有溫情啊。」

大概是七海老成的口吻很逗趣吧，彌生笑了。

「是啊。只要能有勇氣滿懷誠意向別人道歉，這世界一定會成為比現在更充滿溫暖的社會吧。」

七海點點頭。

「希望那位客人的妹妹現在很幸福。」

「那就是美保呀。」

「咦！」

「達也每週送花的那個妹妹，就是美保。我想，在妳做的事演變成大錯之前，妳會擔心、會跑來花店看，達也一定很高興。」

七海覺得很高興。

「遠山婆婆，您一定本來就認識達也大哥了對不對？達也大哥也叫遠山婆婆遠山老師……」

「是呀，他是我的學生。」

「遠山婆婆以前是學校的老師啊？」

「不是的。他是我書法教室的學生。」

彌生將手舉到半空中，做出寫字的樣子。

七海與彌生並肩繼續走。

「七海呀，妳還有一件一定要做的事，妳知道嗎？」

七海點點頭。

「回家之後，我會誠實地告訴我爸爸。」

「對啊。這麼做雖然需要勇氣，但就和剛才一樣。妳一定會覺得說出來真好。加油哦。」

「我會的！」

「不過，我倒是擔心妳的朋友。那時候依我看到的，她是把妳往前推，一想到自己得救了，就頭也不回地跑了。她的情況怎麼樣？」

七海的表情蒙上陰影。

「我也不清楚。大概沒什麼變化吧。」

彌生猜得出七海想說什麼。

「這樣啊。她運氣不好，把沒被任何人發現誤以為是『運氣好』，現在大概也瞞著爸媽蹺課不去補習吧……真可憐。真希望能點醒她……」

「可是，我要是跟別人說了，就會被說是告狀……」

「是啊。很難喔。」

「從那天起，沙織就不跟我說話了……」

「那孩子叫作沙織啊。」

「是的，她叫黑岩沙織。」

看到彌生的臉色變得有點嚴峻，七海心想「糟了」。

也許不必連名字都說出來的。七海是覺得反正說了彌生應該也不認識，才把名字說了出來，但只要彌生有那個意思，她還是可以打電話到學校去。

七海連忙接著說：

「可是，我想她在反省了。她好像說過類似的話……」

彌生打斷七海的話，柔聲說：

「七海。妳當然也可以不去管這件事，但告訴妳的朋友沙織不能再逃避，這件事只有妳才辦得到，是不是呢？不如妳去告訴她吧？」

「我……嗎……？」

「對，由妳去告訴她。這件事雖然需要勇氣，但也許能夠拯救她的人生哦。沒問題的，只要妳希望她幸福，懷著誠意去告訴她，妳們的關係絕對不會變得比現在更差的。」

七海沒有把握能說服沙織。

首先，她不知道該對沙織透露多少。事實上，車子和腳踏車並沒有發生碰撞，彌生也是，雖然得拄柺杖，但還是可以靠自己的雙腿行走。

「我們根本什麼都沒做啊！」

七海覺得如果沙織這麼說，根本就說不下去了。

即使如此，彌生的話還是打動了她。

「只有我辦得到……嗎……」

史郎坐在惠比神的樓梯上，手肘靠在欄杆上，俯視約只有短短六級的樓梯下方。承載神社的石頭底座上，坐著青柳信二、赤木健一這兩個班底。

「最近好無趣喔。」

信二說。

健一沒說話，但他在等史郎說：

「那，今天就回家吧。」

否則再這樣耗下去，今天又不能去補習了。

母親寬子嚴厲交代健一一定要去補習。

上星期一他本來也想去補習的，卻被史郎一句：

「補什麼習，蹺課就好了。」

全面否決，還逼問他：

「我們和補習哪一個重要？」

健一無法反駁。

他勉強擠出笑容，說：

「說得也是，蹺課就好了。」

必須討史郎歡心。

結果蹺課的事被寬子發現，才剛被修理了一頓。

健一回想起他和寅之助兩人單獨在這裡碰面的事。

健一被寅之助寫信叫出來，依照信中所說獨自來到惠比神。

寅之助已經在樓梯頂端盤腿坐著等他了。

「健一君，來得好啊。」

滿面笑容的寅之助讓健一頭皮發麻，他當下立刻道歉。

「對不起，寅之助。我沒想到你會傷得那麼嚴重。」

寅之助一臉吃驚。

「什麼啊，我還以為今天可以和健一君痛痛快快大打一場，滿心期待的，真叫人失望。」

說完，就倒頭躺下。

然後健一便開始和寅之助說起話來。

一談到自己目前的狀況和心情，無論如何都會對史郎有所抱怨。

聽著聽著，寅之助一骨碌爬起來，對健一說：

「既然健一君不敢說，我來替你對史郎君說吧？」

寅之助這麼說，健一臉色大變，連忙阻止。

「千萬不要！你絕對不能這麼做！」

「別擔心。我不會壞事的。不會的，史郎君若知道健一君這麼痛苦，一定會向你道歉的。」

寅之助似乎完全沒把健一的慌張放在心上，自顧自地這麼說。

「寅之助！寅之助！拜託你，真的，千萬不要這樣。你要是去說，我就不敢上學了！」

寅之助偏著頭，望著健一。

「真的不用我去說？」

「真的，不用。不對，是不能說。」

「哦。」

看寅之助一臉不以為然的神情，健一害怕起來。

「這傢伙打算去說……」

他這樣覺得。於是他沒有勇氣上學，但過了幾天到學校一看，寅之助好像沒對史郎說過什麼。

健一安心了，重回學校的那一天，史郎就照例說：

「今天也在惠比神集合。」

那一刻，他發現自己心裡期待著也許寅之助真的幫他跟史郎說過了，心情就沉了下來。

健一既沒有勇氣切斷這條人際關係，又不敢找母親商量，左右為難。他能做的，只有向史郎和母親寬子都露出討好的笑容，附和他們。

「那麼，我們三個來玩捉迷藏吧。」

史郎這麼說，站起來。

健一知道，和史郎、信二玩捉迷藏，就是從頭到尾都要當鬼，然後一天就過去了。

明知如此，健一還是只能露出苦笑，說：

「好啊，來玩捉迷藏。」

「那，健一先當鬼。」

史郎愉快地這麼說的那一瞬間，八個人左右的一群小學生從惠比神的公園入口進來。是隔壁小學的。

「我們在這裡用皮球打棒球吧！」

他們這麼說。

史郎、信二和健一三個人一同朝那個聲音看。

那群人中的一個，指著史郎他們大聲說：

「啊！」

出聲的人笑了。是不懷好意的笑。

「阿信，就是他們。我上次跟你說的。」

被叫作阿信的，從容地跨下腳踏車，聳著肩朝史郎他們走過來。

「這裡面的哪一個！」

「就是他，中間的那個。」

矮個子的那個一副發現新大陸般，大聲說著指著史郎。

「就是他們，上次我們在這裡玩的時候，說這裡是他們的公園，叫我們滾開。」

大概是為了向在場不了解前因後果的同伴說明吧，這個少年大聲說。

「中間那個髮型梳得很整齊的大少爺，瞧不起我們，那邊那個瘦子，還幫腔叫我們快滾。」

這次他指著青柳信二。

八個人的集團一看到狀況對己方有利，便同樣露出不懷好意的笑容，朝史郎他們走過來。

「哦，很有意思嘛。」

有好幾個人摩拳擦掌。

那個叫作阿信的老大，高得不像小學生。少說也有一百七十公分。在史郎他們看來跟大人沒有兩樣。

「你們等著哭吧！」

阿信啵嘰啵嘰折著手指，朝著他們一個個瞪過去，然後撂出狠話。

「史郎，不妙了。我們快逃……」

健二一邊往後退，一邊用越來越靠近的那八個人聽不到的音量說。

信二也不知道該怎麼辦，回頭看史郎。

「史郎！怎麼辦……」

史郎也臉色發白。對方找上門來，他知道嘴上一定不能輸，但他太緊張，嘴裡突然又乾又渴。

說不出話來。

「這傢伙嚇得要命。」

一個人指著史郎大笑著說。

「你們誰都別想跑！」

另一個人朝旁邊散開，一邊這麼說。

看樣子，他們是打算以八個人圍住他們三個，不讓他們逃跑。

圈子越來越小，圍住了史郎他們。

他們只能縮頭認輸了。

史郎他們三個完全喪失了鬥志。

「這傢伙只會對我們說大話，卻一點膽子都沒有。好好修理他！」

頭一個出聲的那個八個人當中最矮小的，煽動同伴。

他們還沒出手，健一就已經快哭出來了。

信二和史郎也好不到哪裡去。

阿信帶著不懷好意的神色，走近史郎，正當他要把左手放在史郎身上的時候——

有人抓住了他的手。

「是史郎君他們先來的。你們晚來，應該要低頭請史郎君他們讓你們也在這裡玩才是道理，你們連這點禮貌都不懂嗎？」寅之助對阿信這麼說。

寅之助站在惠比神的樓梯上仰然挺立。

「寅之助……」

健一向寅之助投以求救的眼神。

「這傢伙是什麼東西？穿那是什麼衣服？」

八人的其中一個說著笑出來，他們一齊放聲大笑。

寅之助也笑了。

「這傢伙好像跟他們是一夥的。」

「再笑，就先拿你開刀！」

阿信才說完，就伸長了左手抓住寅之助的胸口。

幾乎同時，寅之助的左手將阿信的左手連同自己的衣服一起按住。這時候寅之助的右手已從下方抵住阿信彎成く字形的左肘，只見他左腳向前踏出一步，利用抓住的左手為支點，手臂一轉，便讓阿信趴在惠比神的樓梯上。

孩子們不明白發生了什麼事，呆望著在惠比神的樓梯上，一個是被壓制趴著、因為疼痛而整張臉扭曲的阿信，另外一個是利用對方的左手一招致勝、面帶笑容的寅之助。

「竟然毫無防備地就走到對方面前，想抓住對方的胸口，你們難道一點武術之道都不懂嗎！」

寅之助笑著大聲說，然後對那群僵住的孩子大喝一聲：

「這種人不管來多少，下場都跟這傢伙一樣。好，接下來有誰敢上來領教！」

阿信在寅之助的腳下無法動彈，沒出息地連聲喊著：

「好痛！好痛！」

邊喊邊哭出來。

寅之助空著的右手拍了阿信的頭一下。

「是個男人就別動不動就掉眼淚！你要說『不過區區一條胳膊，要就拿去啊』。」

說完，便放開了左手。

阿信哭喪著臉站起來，肩膀因為嗚咽而抽動，垂頭喪氣地走向腳踏車。

其餘七個人也跟著爭先恐後地朝公園入口跑。

「喂喂，不一起玩嗎？如果不妨礙我們，大可一起在這兒玩啊！」

寅之助朝著他們背後喊。

「怪了，走掉了……」

寅之助遺憾地說。

「寅之助！你好厲害，救了我們。」

信二朝寅之助走來。

健一也走過來。

「寅之助，謝謝你。我怕得不知道怎麼辦。」

「本以為可以和他們和平相處，委實太遺憾了。結果無法和好，還白白打了一架，真不划算。」

寅之助在惠比神的樓梯頂端躺下來，開始嘔氣。

「咦，史郎呢？」

健一發現史郎不在場。

信二看到史郎正朝著公園的入口方向走去。

「史郎！怎麼了？你要回去了嗎？喂！史郎！」

史郎頭也不回地，離開了惠比神。

「史郎君……」

寅之助也望著史郎落寞的背影。

穿越時空

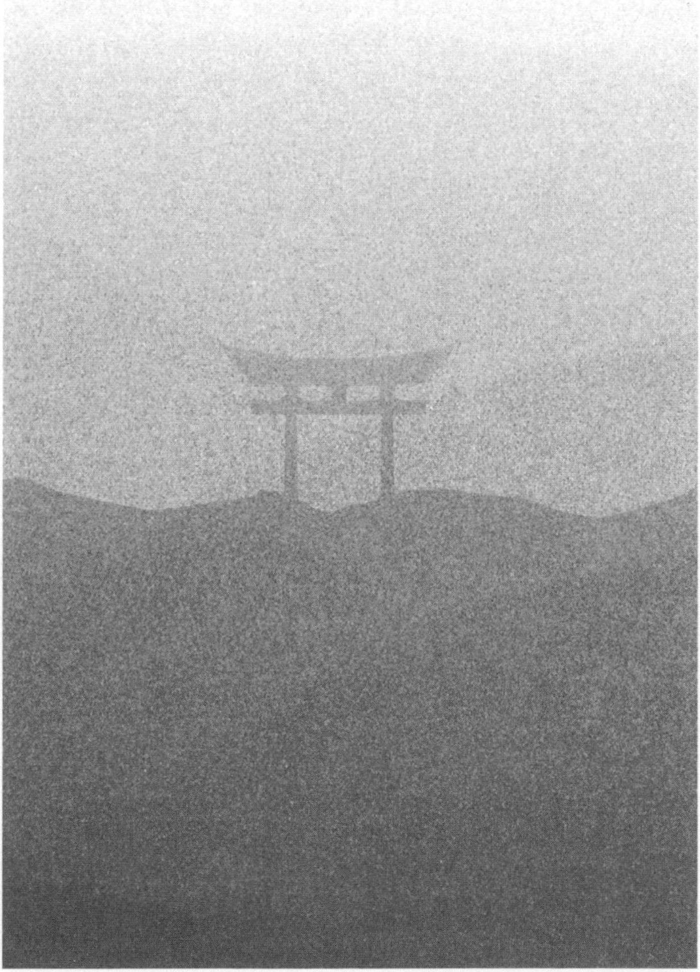

外面一曬到太陽就覺得熱，但這昏暗的房裡，卻冷得令人發抖。

博史等著妙繼續說下去。

「老師，可否請您先將我接下來說的話聽完？」

妙說完，以認真的眼神望著博史。

「好的，當然。」

聽博史這麼回答，妙便緊接著說：

「話說來有點長。」

「您請說。」

博史笑著點點頭。

對寅之助母子深感興趣的博史，本來就為他們預留了一大段時間。

一般的家庭訪問，每一戶的時間大約是十五分鐘左右。現在和以前不同，幾乎都是在門口站著談，但其他家庭一年前已訪問過，博史獨獨為寅之助家留了二個小時的時間。

妙雖然這麼說，但似乎仍難以下定決心，彷彿在摸索開口的時機。

博史覺得腳麻，為了換腳，便說：

「那我就不客氣了。」

伸手去拿放在眼前的茶。腳麻得比他想像的還嚴重。

博史將茶碗端到面前，將一、兩口茶含在嘴裡。

他不懂茶道，所以直接把茶碗放在榻榻米上。

彷彿在等這一瞬間般，妙開始說了。

「我們不是這裡的人。」

「是的……」

「我的丈夫，也就是寅之助的父親，被監管的大爺懷疑盜用公款，而被關進牢裡。」

「……」

因為內容過於嚴肅，連要不要附和都令博史感到猶豫。

「她在說什麼……？」

她是說寅之助的父親盜用公司的公款而被捕嗎……

「但是，我丈夫自認是清白的，對我說『別擔心』，即使被帶到番所（譯注：江戶時代的警察局），也說『我馬上就會回來的』。從此，我們母子每天早晚都到家前面的惠比壽神社參拜，祈求神明保佑我丈夫早日洗刷冤屈。

到了隔日御白州（譯注：江戶時代審問犯人的地方，衙門。）就要開堂審我丈夫的那一晚，儘管風雨大作，我和寅之助仍去參拜惠比壽大神，閃電擊中了就在近旁的柳樹，我嚇得將寅之助緊緊抱在胸前，一醒來，便已來到這個世界。」

妙一口氣說到這裡。眼睛仍凝視著榻榻米的某一點。

博史從中間就跟不上了。

如果自己的理解沒錯的話，妙是在解釋她們是從不同的時代來到了這個時代，但這種離譜的事，真的是好好一個大人會正經八百地對另一個大人說的嗎？

博史的腦中同時思考起各種事情。

一開始想到的是，這個母親是不是頭腦有問題，從住院的醫院偷溜出來的。

即使如此，就妙一直以來給博史的印象，他實在不相信她腦袋有問題。

那麼，她是要欺騙自己？

博史轉動眼珠，試著尋找是不是哪裡藏了攝影機，但也沒看到類似的東西。

「我和寅之助一睜開眼睛，只見惠比壽神社依然如故，但四周全都變了樣。我們家應該就在眼前，卻消失得無影無蹤，鋪上了堅硬的地面。

我以為我們死了。

心想著極樂世界與我們所想像的真是大不相同，四處徘徊，卻看到四方型的轎子般的東西，發出好亮的光，以令人難以置信的速度打我們身邊經過。看那個樣子，讓我更加相信這裡不是西方極樂。

我們對所見的一切感到驚懼，在突然陷入的神奇世界裡徘徊，不知不覺便走向了城的方向。

走出惠比壽神社，在第一個轉角向右轉，走上兩町（譯注：約二百公尺左右。），應該就是護城河了。可是，我們走到那裡，卻不知該如何是好。

「護城河和城的大手門都在，裡面卻聳立著好幾座從未見過的巨大石造建築。」

「是高中……」

博史在心中低聲說。

以前的城遺跡留下了護城河和內牆，如今已變身為高中。那是一所創立超過百年的老學校。

「我不知道究竟發生了什麼事，但也想得到，這已經不是德川將軍之世了。而且，這裡也不是西方極樂世界。」

「我可以說句話嗎……」

博史苦笑著小聲說。

「您說的不是真的吧？我不知道該相信多少……」

「我知道您不會相信。根來大爺也再三禁止我，要我千萬不能向任何人說起。這一點我不會不明白。若我站在老師的立場聽到同樣的話，一定只會覺得這個人瘋了吧。但是，我相信老師，決心把話說完。也許老師不會相信，但能不能請老師聽完呢？」

「好……好的……抱歉……」

博史想起自己已答應過，便閉上嘴。妙的樣子不像是要騙博史，而是再認真不過了。

「我們不知何去何從，便在護城河邊坐了好一會兒，但覺得再這麼坐下去也不是辦法，也沒有人會來接我們，無奈之下，只好回到了惠比壽神社。於是，便在惠比壽大神這兒借宿了一宿。」

博史想起學校裡的學生們和七海說的「惠比神有鬼」的傳聞。

「第二天一早，碰巧經過惠比壽神社的根來大爺招呼了我們。根來大爺仔細聽了我們的經歷，告訴我們德川之世早在一百五十年前便結束了。換句話說，這裡是我們所住的地方一百七十年後的模樣。正如老師無法相信我的話，我最初也無法相信根來大爺的話。我無論如何都無法相信幕府竟然會結束。但是，我們眼前的光景，顯然是我們所住之處的未來。不由得我們不信。

我和寅之助雖驚訝於原來浦島太郎的故事是真的，但我們的容貌卻沒有改變。

根來大爺將我們帶到他府上，又將這小屋借給了我們。然後，根來大爺將德川之世結束、如今的世界情狀等等一一告訴了我們。我們最先看到的轎子原來叫作『車子』，也是這時候根來大爺告訴我們的，他也讓我們坐了車子。

聽說坐上車子，只要一天就能到江戶，讓我覺得這兒果真是神明的世界。

我們一面向根來大爺慢慢認識這個世界，同時早晚仍不忘參拜惠比壽大神。因為我們不知道何時能回到原來的世界。然而，卻沒有絲毫回得去的樣子。

根來大爺勸我們該想想清楚，也許得在這個世界活下去了。

我們聽了根來大爺的勸。根來大爺說：

『我來安排。』

於是辦了手續，讓寅之助能去上『學校』。後來的事，老師都知道了。」

博史一直在觀察妙。

妙看起來不像在說謊，也感覺不出是在幻想、編造故事的樣子。

這麼一來，分明令人難以置信，但博史也開始認為也許真有其事。話說回來，如果他們頭一個遇到的人不是根來太郎這位前市長，來自一百七十年前的母子恐怕沒辦法辦理轉學手續吧。雖說是前市長，要辦這樣的手續一定也不簡單。不知根來使出了什麼絕招？

腦中正想著這些時，博史發現自己已經相信了妙的話，心頭一驚。

妙頓了頓，露出笑容。

「我們的故事，就到此結束。無論老師信或不信，都很高興能告訴老師。」

只見妙一臉神清氣爽的模樣。

博史思索著該說些什麼來接她的話。既不能說這番話是騙人的，對她加以否定，但若要說原來如此……來加以肯定，他也說不出口。

叫人立刻相信這番話，才真正是強人所難。

「您所說的……我明白了。換句話說，您有可能無法一直待在這裡，也有可能有一天突然就不在了。既然如此，在您還在這裡的期間，願不願意讓寅之助放學後接受輔導呢？」

結果，博史只好拉回最先的話題。

「關於這件事，老師……」

妙露出了一絲遠望的眼神。

「看樣子，我們好像快回到原來的世界了。」

「怎麼說？」

「我自己也不是很清楚。只是……每次去參拜惠比壽大神時，都有這種感覺。」

「……是嗎。」

博史也只能這麼說。

「日高老師。」

「是……」

「這個時代真好。每個人都富裕得令人驚訝。每個人過的日子，都像我們那個世界的將軍大人。沒有饑荒，也沒有人餓死。也不必因為養不活就殺死剛出生的孩子。不僅如此，甚至沒有身分之差。每個人都能乘車到鄰國。要住在哪裡都可以。還有，孩子們可以免費受教育。將來還能做自己想做的事，和自己喜歡的人建立家庭……原來我們的子孫，會建立起這樣極樂世界般的國家啊。」

「是的。現在是非常好的時代。但是，我雖然活在這麼好的時代，卻從您們身上學到了很多。」

「寅之助說，大家都不像孩子。」

「原來在寅之助眼中是這樣啊。」

「世界變化這麼大，常識果然也會跟著大為轉變。只是……無論哪個時代，不變的就是父母愛護子女之心吧。為人父母的，都希望孩子能幸福。所以，我也告訴寅之助，要成為一個堅強、開朗、擁有一顆美麗的心的堂堂武士。

在我們的世界裡，一到緊要關頭，能為主子捨命的，才有資格叫作男人。若一隻臂膀就能保住名譽，那臂膀又算得了什麼。那一刻，也許今天就會來，也許很久以後才會來。為了那不知何時來臨的一刻，平日鍛鍊須得毫不懈怠，才是武士之所當為。

然而前些日子，說起這件事時，根來大爺告訴我，現在時代不同了。

他說，現在這個時代的教育，要人們愛惜生命。不僅不能傷人，也不能輕忽自己的性命。最初，我心想這是多麼軟弱的時代呀。但是根來大爺告訴了我，人為什麼必須愛惜生命。

因為，現在這個時代，一個人只要活著，便有可能大大改變未來。

日行千里的車子、在空中飛的飛機、能夠和遠方的人說話的電話，都是人發明出來的。而所有的人，都可能做出讓世界向前跨一大步的發明。這奇跡般的一刻，可能在年輕時來臨，也可能在超過六十歲之後來臨。當然，寅之助也同樣有大大改變未來的可能，而教育，便是重視這樣的可能性。根來大爺說，現在這個時代是這麼想的。

在我們的世界，與其活著遭到侮辱嘲笑，寧願選擇一死。而在這裡，無論是被侮辱也好、被嘲笑也好，都要選擇活著。

只要活著，總有一天會有人對我們說『有你真好』。那一刻，我們也會相信，啊啊，活著真好。

根來大爺告訴我，現在就是這樣的社會。

若是我們回到原來的世界，再過十幾年，德川將軍的時代就會告終。我聽說，在那十幾年當中，許多年輕人的性命都會被視為草芥。

若是愛惜自己的生命，一定會被斥為沒有男子氣概、膽小鬼吧。

即使如此，根來大爺還是這樣對寅之助說：

『你現在死了，世界不會有任何改變。可是，假如你活著，世界會大大不同。你可不是為了做現在你能做的事才活著的哦。現在的你做不到，但將來的你能夠做到更了不起的事。你是為了做那些事才出生的。你可千萬別忘了。所以，無論如何都不可以不愛惜生命。無論人家怎麼笑你，你都一定要活下去。』

就是在那個時候，我學到了愛惜生命的人，必須有一顆堅強的心。也許，現在這個時代，孩子們必須活得更堅強。」

妙收攏茶器，開始收拾。

「真是抱歉，害老師耽擱太久了。」

博史連忙將自己手邊的茶碗推給妙。

「哪裡，是我待太久了。我該告辭了……」

說完想站起來，博史卻發現雙腳失去感覺，不聽使喚。無能為力的博史當場倒下。

妙扶住了他。

博史聞到一陣幽香。一股令人懷念的香氣。

「對、對不起！」

博史趕緊道歉。

「哪裡，您不要緊吧？」

妙看著博史微笑。

「不要緊……」

博史輕輕將長時間跪坐而麻得厲害的腳放在走廊上，強忍著疼痛，走到玄關。

準備穿鞋時，腳痛到了極點，麻得光是摸一下就痛得幾乎要跳起來。

妙看著他那個樣子，以和服衣袖掩嘴笑了。

「讓您見笑了……」

博史也用苦笑來掩飾。

總算穿好了鞋，說聲：

「不好意思打擾了。」

在拉門外行了一禮。

只見妙在玄關端正了姿勢，正座著目送他。

庭院裡，根來正在修剪樹枝。

「謝謝您。」

博史低頭行禮，根來以笑容點點頭。

「聽到有趣的故事了嗎？」

「聽到了……可是，根來先生，那位母親說的是真的嗎？」

「她說了什麼？」

「說她來自一百七十年前……」

根來的笑容更深，在博史耳邊低聲說：

「千萬不能告訴任何人哦。」

博史也只能說：

「是……是的……」

天下父母心

七海一直盯著手機。

就這樣猶豫不決了好一陣子。

「只有妳，才能幫助妳的朋友。」

彌生說的話，一直在七海腦海中打轉。

七海想結束這個問題。

而且，不是讓問題不知不覺自然消滅，而是確確實實向父親博史說實話，好好地劃上休止符。

然而，對於沙織的事是否該這樣結束，她一直還沒有找到答案。

她認為勸告沙織並不是自己的責任，但又覺得若彌生說的是對的，自己手上握有左右沙織將來的關鍵，不能置之不理。

七海再三反覆思索，做出了一個結論。

如果把沙織的事束之高閣，就這樣結束這件事，自己心裡一定會留下疙瘩。

明明沒有別人在看，七海卻「嗯！」了一聲，大大點了一下頭，伸手拿起桌上的手機。

從通訊錄中找出「黑岩沙織」，按下通話鍵。

一看到來電的同時顯示的來電者為「日高七海」，沙織頓時猶豫著要不要接，但還是接了。

「喂……」

陰沉的聲音聽起來警戒心很強，但七海還是盡力維持開朗的語調。

「沙織？我有點事要跟妳說，現在方便講話嗎？」

「什麼事……」

「那天的事，我沒有跟任何人說，其實妳已經知道了吧？」

「……」

沙織沒有回答。七海不管她，繼續說下去。

「那天，在惠比神旁的十字路口，有車子衝出來，為了閃開我們，那輛車衝向另一邊斑馬線上的老婆婆，妳有看到吧？老婆婆倒在地上……」

「……」

「不過，妳可以放心了。我已經見過那個開車的人，也見過跌倒的老婆婆了。結果他們沒有報警備案不算車禍，老婆婆也只有腳受了一點傷，沒有很嚴重。」

「真的嗎？」

沙織的聲音很開朗。

「太好了。我有點擔心。萬一受了重傷，現在警察一定拚命在找犯人，要是被大人知道就慘了。」

「我已經跟開車的人和跌倒的婆婆說了實話，他們也原諒我了。」

「什麼實話？」

「就是那天我沒去補習班上課，和沙織喝了酒，兩個人騎腳踏車雙載，很害怕所以跑走……」

「七海，妳也太傻了！又沒出事，怎麼可以自己招認。只要不講，就沒有人知道了啊。」

「沒人知道就可以做壞事，這樣也太奇怪了。」

「……」

沙織說不出話來。

「所以，我想好好跟我爸說。」

「妳幹嘛這樣？拜託妳不要好不好……」

「依我爸的個性，我講了之後，他一定會說要去向那個開車的人和老婆婆道歉的。搞不好，也會去向補習班的老師道歉，這樣的話，補習班有可能會聯絡沙織家。」

「拜託，真的不要講啦！這種事要是鬧出來，在我家是很慘的。七海，妳不會不知道吧。」

「嗯。我知道。可是，我已經決定要老實說了。所以，沙織……沙織要不要也一起道歉？好好跟爸媽說，然後再也不要蹺補習班，也不要喝酒了。」

「我不會再蹺課，也沒再喝了。可是，打死我也不敢跟我爸媽講。不行、不行、絕對不行！」

「不會啦。一起去嘛，好不好？」

「先不要啦，七海。先不要……。妳要是真的亂來，我不饒妳哦！好啦，不要去講。」

沙織變得不知是在威脅還是在懇求。

「我今天就會跟我爸說。」

「我絕對不會跟我爸媽講的。」

「嗯，沒關係啊。不過，我們還是一起去道歉吧！」

「……」

沙織沒有回答。

「我想，應該是明天或後天會去道歉。我想和沙織一起去，等決定好哪一天去，我會發簡訊給妳。沙織，妳如果想一起去的話，就發簡訊給我。」

七海掛了電話。

覺得自己心情好清爽。看了看鐘。

「爸爸怎麼不趕快回來呢？」

覺得這樣想的自己很好笑，忍不住笑出來。

那天晚上，七海把自己做的事一五一十對博史說了。

「妳突然說要換補習班，我就想應該有什麼原因，原來是這麼一回事啊……」

博史驚訝地笑著這麼說。緊接著，露出正經的神色。

「妳要知道，這次是運氣好，剛好沒有人受重傷。」

「嗯……對不起。」

看到七海真心反省的樣子，博史就不想再責備她了。七海肯老實把整件事告訴他，比什麼都讓他高興。

「不過，真是太好了。」

七海抬起頭來。

「就像那位遠山女士說的，這次的事，是一次很好的教訓吧。」

七海不好意思地點點頭。

「不過，她說的真好。為了得到教訓而失敗，活出新的人生啊……」

博史喝了一大口啤酒。

「那，妳看到了嗎？」

「看到什麼？」

「鬼啊。妳在惠比神看到鬼了嗎？」

「我沒看到。」

「是嗎……」

博史想起妙和寅之助，遺憾地低聲說。

「明天就和爸爸一起到中村花坊和遠山女士那裡去道歉喔。」

「關於這件事，爸爸，我想拜託你，也帶那時候跟我一起的朋友去。」

「跟妳一起的朋友啊……妳剛說她叫什麼？」

「沙織。黑岩沙織。」

博史嘴裡的那口啤酒差點噴出來。總算忍住之後，這回換他頭痛了。

「怎麼偏偏……」這句話也差點出口，但總算也忍住了。

博史聽了七海的決心，自己也下定決心。

七海認為自己得救了。她由衷慶幸自己說了實話。將這次的事當作「教訓」，深深刻印在自己心中。能夠認識中村夫妻和遠山彌生，能夠有平田凡子、山田幸子這些新朋友，對七海來說是非常值得高興的事。

七海認為「自己很幸福」。而這樣的想法越強烈，就越覺得不能只有自己幸福。她這麼想，不是出自偏執的正義感，而是希望沙織也放下心中的大石頭，和她一樣把這次的事變成教訓。

她的感受博史非常能理解。

七海甚至已經做好博史會到沙織家談這件事的心理準備了。

「這要由爸爸來決定……」

她以堅定的眼神這麼說。

她的決心有多麼不容易，博史很清楚。

一個國三的女生最怕的，應該就是被班上的同學說「她跟爸媽告狀」。

「好。爸爸會跟沙織家聯絡，問她們要不要一起去道歉。不過，我們不能搶走沙織自己跟家人說的機會，所以再等一天吧。這樣好不好？」

七海點點頭。

博史預先想好最糟的可能。

沙織可能會堅持她是被慫恿的，把一切都推到七海身上。

事情也可能發展成博史的責任問題。

也可能以惠子為中心，傳出奇怪的謠言，發起要他辭掉級任的運動；利用父親身為市議員的管道，動員教育委員會……也是可能性之一。

假如沙織裝傻到底，依照她那個媽媽的行事作風，告他誹謗也不是不可能。

博史很乾脆地給自己的問題做了結論。

若是遇到最糟的狀況，只要辭掉教職就好。

他下這個決定，乾脆得連自己也感到驚訝。

但是，他擔心的是沙織。

無論事情結果如何，只要黑岩惠子對博史表現出敵意，光是這樣，就會斷了沙織的出路。

害得她只能以謊話來圓謊，這樣沙織就太可憐了。

身為一名教師，博史很高興自己不是出於偽善，而是真心為沙織擔心。

「拜託，不要馬上就一句『我女兒絕對不會這樣！』打回來……」

博史懷著祈求的心情，望著啤酒杯。

惠子從家長會開會回來，已經晚上八點多了。

一旦當上家長會副會長，一年就要開九十多次會。以最簡單方法計算，平均每週要開二次。工作相當繁重，但一想到如果自己不做，兒子上的學校就會怠惰，惠子便不敢偷懶。

史郎和沙織一定在家等著惠子回來吧。一回家就必須準備做飯。

一進小門，到玄關是一段石板路。小跑著跑向玄關時，發現一封信插在信箱裡。

上面寫了住址，也貼了郵票，但沒有蓋郵戳。

收信人的部分是「鈴木惠子小姐收」。

看到這以娘家姓氏所寫的收信人姓名，一陣已遺忘許久的懷念油然而生，惠子不禁露出笑容。

雖然沒有寫寄信人的姓名，但惠子從筆跡便清清楚楚認得是誰寄來的。

她珍重地將這封信收進包包裡，開了鎖走進家門。

「我回來了……」

她說，但客廳裡不見人影。經營不動產公司的丈夫茂雄幾乎天天都過十二點才回來，不可能在家，但平常史郎和沙織會在客廳看電視或玩電玩，現在電燈卻沒開。

惠子在自己所經之處一一打開電燈。

在一樓沒找到孩子們，惠子便上了二樓。

一爬上樓梯，右手邊就是史郎的房間，再過去是沙織的房間。

「史郎，媽媽回來了。你在嗎？」

裡面沒有應聲，但房間門口底下透出微微的光線。

「媽媽進來嘍。」

「……」

惠子等了一會兒，但還是沒有回答。

她緩緩打開門。

史郎背對著門，面向牆壁躺在床上。

惠子走過去，在史郎身邊坐下。

「怎麼啦，史郎？有哪裡不舒服嗎……」

史郎好像在哭。看到兒子哭泣的樣子，惠子更加擔心，感到心疼不捨。

「怎麼啦？發生了什麼事？」

「沒什麼。不要管我。」

史郎這麼說，卻沒有撥開惠子撫摸著他頭的手。

「怎麼啦？告訴媽媽。媽媽永遠都是支持史郎的。有什麼事都可以跟媽媽說。」

「我……我……」

史郎淚汪汪的，準備開口。

「我再也不要去學校了。」

惠子仍是不停地摸著史郎的頭，等史郎平靜下來。

這是史郎頭一次說不要上學。

光是這樣便令惠子有些震驚。

她知道有些孩子不願上學。只是，她心中一直認定這種社會問題不會發生在自己的兒子身上。在此之前，史郎上學似乎都上得很開心。

然而，沒想到剛才自己的兒子竟然說了：

「我再也不要去學校了。」這種話。

惠子能夠想到的，就只有六年級才轉來的那個叫作「寅之助」的孩子。她覺得，從史郎和寅之助打架，帶著破掉的衣服和流血的嘴唇回家的那一天起，史郎就沒什麼精神。搞不好，自己的孩子在學校被霸凌了。

這些，學校都注意到了嗎？

「你為什麼不想去？」

「……寅之助……從他來了以後，我……」

史郎抽抽噎噎地哭出來，話也說不下去。

惠子說著：

「沒事了，沒事了。」

不斷摸史郎的頭。

在這當中，惠子心裡一直想著，身為母親，能夠為這孩子做些什麼。

過了一會兒，可能是哭累了吧，史郎睡著了。

惠子看著他的側臉，想起史郎小時候。

史郎上小學之前，她常常這樣哄哭泣的史郎入睡。

身體雖然長大了，但那張熟睡的側臉在惠子看來，仍是可愛的幼兒。

看史郎睡沉了，惠子幫他蓋上毯子。

她悄悄離開，走向隔壁沙織的房間。

「沙沙，媽媽回來了。妳在嗎？」

惠子問了和剛才一樣的話，但沒聽到回答。

「媽媽進來了哦。」

惠子緩緩打開門，只見沙織背對這邊面向牆壁躺在床上。隔著一道牆，史郎和沙織正好以同樣的姿勢面對面躺著。

沙織沒開燈，所以惠子以為她睡著了，但走近一看，她眼睛是睜開的。

「妳沒睡？」

說完，惠子開了燈。

「怎麼啦？妳也不舒服嗎？」

沙織沒有回答。

「媽媽馬上就去做飯哦。」

「我……不想吃。」

沙織無力地說。

「怎麼啦？這麼沒精神。出了什麼事？」

「我不想去上學了。」

沙織沒有哭，反而是惠子差點哭出來。

「什麼？怎麼會連妳都……和朋友吵架了嗎？」

「……」

沙織什麼都沒說。

「妳今年是考生，就算發生了多少不開心的事，還是得勉強自己上學，否則出席日數不足，對考試很不利的，這些相關的雜誌上都有寫吧。」

沙織拿毯子蒙頭蓋住。

惠子一臉苦澀。

「沙沙，妳什麼都不說，媽媽不知道該怎麼幫妳呀。告訴媽媽到底是怎麼了。」

「拜託，讓我一個人靜一靜……」

沙織說完這句話，就用毯子把自己裹成像顆蛹一樣，翻過身去。

惠子想找話說，但想了好一會兒還是無能為力，只好離開房間。

下樓來到客廳，惠子覺得好想哭。

「為什麼會有這麼多問題？」

在教養子女方面，丈夫茂雄一概不管。就算找他商量，也只會說都是妳沒把孩子教好才會這樣，一味怪惠子，從來不會一起思考問題。無奈之下，惠子只好自己想辦法，但父親是現任市議員，她要陪父親出席各種場合，家長會又要開會，到處都有盛情難卻的邀請，她總是忙得晚歸，沒有時間和孩子好好溝通。

惠子滿腔壓力找不到發洩的出口，已經超越了她能承受的限度。

惠子一個人坐在餐桌旁，嘆了一口氣，抱著頭。

忽然間，她想起剛才收到的信，從包包裡拿出來。

一拆開，裡面便傳出一股好香的香氣。

「好懷念喔……」

惠子不禁說。

前略

院子裡

妳最愛的櫻花雖花期已過，

仍留著殘花些許，彷彿在邀妳前來。

若有時間，

是否願意賞光？

草草

彌生

「老師……」

惠子喃喃地說。

第二天早上，史郎和沙織雙雙都說頭痛得快裂開，要請假不上學。

惠子心想可能是因為昨晚哭過的關係，便幫他們請了假。

丈夫茂雄罵惠子：

「就是因為妳太寵他們，才會有點小狀況就說要請假。」

然後就去公司了。

惠子在餐桌上準備好早餐，等孩子們下來吃，但再怎麼等，他們兩個似乎都沒有要離開房間的樣子。

惠子心想也許最好先別去吵他們，便決定出門。

她先分別去兩個人的房間探了一下，告訴他們：

「媽媽吃完中飯要出門哦。樓下準備了吃的，要下來吃。有事就打手機。我很快就回來。」

然後簡單打理一下自己就出門。

惠子決定去拜訪彌生。

總不能空手上門，所以她在路上的和菓子店買了茶點。

好久沒來令人懷念的書法教室了，惠子覺得自己好像又回到了小學的時候。這幾十年來拋在腦後的事，也鮮明地重上心頭。

入口的拉門和以前一樣沒有上鎖，一使力，便在懷舊的「喀啦喀啦喀啦」聲中打開。

和以前一模一樣，一點都沒變。

「有人在家嗎？」

惠子喊。

「請進來。」

裡面傳出人聲。那聲音，彷彿早已料到惠子的來訪。

經過甬道，走進後面的房間，便看到彌生面向著書桌正提筆寫字。

「老師，好久不見。」

彌生對惠子笑臉相迎。

「妳這麼快就來，真叫人高興。謝謝妳呀。」

「我才要謝謝老師。收到老師的信，我真的好驚訝。不過，也真的好高興。」

惠子行了一禮。

「小惠，看到妳平安健康，真是太好了。」

聽彌生這麼說，惠子覺得眼淚好像快掉下來了。

「謝謝老師。」

「我們這就到後面賞花吧？」

「好。」

彌生對惠子微微一笑，扶著桌子，慢慢站起來。

看到那個樣子，惠子趕緊奔到彌生身邊。

「老師，您的腳受傷了？」

「真是丟臉呀！自以為永遠年輕，但畢竟是老了。」

「哪裡，老師一點都不老。」

「不過，多虧受了這個傷，發生了一場美好的邂逅呢。我就是想告訴妳，才寫信給妳的。」

「那一定是個好故事。」

惠子跟在彌生身後，來到了後院。

那裡有一棵染井吉野櫻，已長出不少綠葉的枝椏上，還殘留著少許的櫻花。枝幹比惠子上次看到的時候壯碩了不少。

「櫻花真的好像捨不得春天離開呢，老師。」

惠子和彌生並肩坐在簷廊。

鳥兒的啁啾十分宜人。

坐在這裡，惠子就會想起小學時的自己。從這裡看出去的景色，除了櫻花樹的茁壯之外沒有任何改變。

「來，聽聽我的故事吧。」

彌生以此為前提，抬頭看著櫻花樹開始說。

「我遇見了一個國中生，是個很好的女孩。」

「是。」

惠子附和。

「這孩子呀，在該去補習的某一天，應朋友之邀，就蹺課了。明知道不應該，卻沒有勇氣拒絕朋友。而且這個朋友還準備了啤酒。她這個朋友也沒想太多，只是想學學大人而已。可是呢，這件事她也拒絕不了，兩個人就喝了幾口。」

「哎呀，才國中而已……」

「是啊，才國中，怎麼能喝酒呢。然後，為了怕家裡的大人知道，她們講好趁媽媽回家之前到外面，假裝去補習了。兩個人騎腳踏車雙載。出去是出去了，又不知道要去哪裡，所以就去了大家說鬧鬼的『惠比壽神社』。」

彌生看著院子裡的櫻花繼續說。惠子則看著彌生的側臉聽她說。

「結果，她們看到像是人影的東西在神社後面晃動。」

「不會吧……」

「是啊，我想應該是貓吧。不過，那裡又黑，她們一定很害怕吧。兩個女孩子嚇壞了，跑回去騎上了腳踏車，全力踩踏板要趕快離開那裡。然後，一下子就衝到十字路口了。正好在那時候，從左邊來了一輛車。」

「她們沒事吧？」

「坐在後面的那個女生一感到危險，就反射性地往後跳。這麼一來，妳也知道會怎麼樣吧。」

「騎在前面的女生會被向前推。」

「對。所以開車的人緊急切方向盤，總算閃過去了。」

「好危險呀！她們這樣，要是出了大車禍該怎麼辦？」

「結果，這下子車子就朝我開過來，我一慌就跌倒了。」

「咦咦！原來是這樣！好可怕呀。不過，幸好老師的傷勢不嚴重。」

「是啊，真的就像妳說的。幸好幸好。對那些女孩子來說也是。」

彌生轉頭看惠子。

「其實，那兩個女孩子，兩個都頭也不回地從那裡跑走了。」

「天啊，做了這麼多壞事還跑！老師，我來幫您找吧？」

彌生伸手制止了惠子。

「別急，小惠。蹺課不去補習，偷喝酒，為了欺騙媽媽特地出門，騎腳踏車雙載，看到車禍卻從跌倒的人面前跑開，光聽這些，妳會覺得這孩子實在壞得不得了對不對？可是呀，這孩子是個非常好的好孩子哦。」

「您已經知道是誰了嗎？」

「是啊，我們已經是朋友了。」

「朋友？」

惠子偏著頭感到不解。

「這孩子呀，對自己做的事很後悔，就常常到開那輛車的花店去。我們就是在那裡遇見的。」

「這樣啊。」

「可是呀，這孩子是運氣好。因為她做了壞事被發現，學會了好好道歉，把自己的失敗轉變為『教訓』。我想，她不會再重蹈覆轍了。但是還有另一個運氣很差的孩子。那個坐在腳踏車後座的朋友，喏，就是慫恿她蹺課、準備了啤酒、為了怕被媽媽發現而跑出去，出事後也一樣跑走的那個女孩子。她到現在還一直隱瞞著怕被人知道。再這樣下去……」

「很可能會以為只要不被發現，做壞事也沒關係。」

「是啊。所以和我變成朋友的那個女孩子，很想說服她，可是她怕媽媽不肯原諒她，無論如何都想隱瞞到底。」

「原來如此……」

惠子聽了這個狀況，認為這是個問題，但忽然間覺得奇怪，為什麼彌生會突然想見她。彌生上次寫信給她，已經是八年前的事了。信上沒有郵戳，表示信是彌生自己親自將信送到家門口投入信箱的。

如果是這麼急著要告訴她的事……

惠子心中感到一陣不安。

「老師……」

「小惠。」

彌生像是不讓惠子說下去似的，像以前那樣柔聲輕喚她的名字。

「孩子們都好嗎？」

惠子心頭一驚。

「都……都好。」

「是嗎。那就好。沙織和史郎從小就體弱多病，妳三天兩頭帶著他們跑醫院。那時候半夜直奔醫院根本是家常便飯啊。妳先生因為工作的關係，幾乎都不在家，史郎一發燒，妳又不能把沙織一個人丟在家裡，還曾經背一個抱一個趕到醫院不是嗎。我記得，妳考駕照也是因為孩子們經常突然發燒的關係，對吧？

一感冒就發高燒，然後妳就認為是自己讓他們穿得太少，責怪自己。被剪刀傷到了，就認為是自己不該把剪刀放在史郎搆得到的地方，責怪自己。

妳從小就是個心地善良、正義感強、責任感也比別人強一倍的孩子。不等丈夫開口，妳就一直責怪自己，是不是？

再加上，沙織和史郎兩個，無論是脖子變硬啦、學站啦、學走路、學說話這些，都比同月生的孩子來得慢。妳還記得嗎？

對了對了，沙織滿三歲了頭髮還是沒長出來，妳還擔心得帶她去專門做男性假髮的公司給人家看過，對吧？」

如果不是彌生提起，惠子都忘了，但的確如此。

惠子苦笑。

她想起了兩個孩子年幼的時候。

「不光是妳，只要事關自己的孩子，做母親的沒有不擔心的。尤其是孩子還小的時候，和其他孩子的成長相比，常常會很不安，擔心自己的孩子有沒有問題。

妳可能已經忘了，妳以前也是這樣呢。大家都會的事情，要是自己的孩子不會，妳就會很擔心。

一知道別人的孩子都會叫『媽媽』了，自己的孩子卻完全沒有動靜，就拚命教孩子講話。這麼做，不是希望孩子比其他人都優秀，而是身為母親的不安是吧。擔心自己的孩子究竟會不會正常說話。

可是，就算不去教，不久後孩子就會學會說話的。

然而，媽媽也不會因為孩子會說話了就放心，因為又會發現別的不會的事情，又擔心起來。像是大家都會從一數到十了，我的孩子卻連從一數到十都不會。

不安變成習慣，要不了多久，媽媽就會變成『找出孩子不會的事』的專家。專門找其他的孩子會、自己的孩子不會的事。

找到之後，就努力消除。

我說過了，這不是為了讓孩子比別人優秀，而是因為不安。

一直擔心：我的孩子有沒有問題？

眼睛看見的不是孩子學會的，只顧著去看不會的，這樣孩子也會為了符合媽媽的期待，越來越不敢失敗。

做媽媽的極度害怕孩子會趕不上別人，從幼稚園起，就讓孩子學小學才要學的英文、數學，為了搶先學習進度讓孩子上補習班，努力減少孩子不會的事。

可是呀，每一個人都是不同的不是嗎。

有些大家都會的事，不會也沒有關係。正因為有不會的事，反過來就代表有些事只有自己才會呀。

當媽媽，真的很難。

孩子剛出生的時候，只希望他開朗、健康，平安長大就好。可是，當媽媽的不安成為習慣，不知不覺間，在教養的過程中就會對孩子做出截然不同的要求。」

「老師，我……」

惠子想起有苦無處訴的育兒辛酸，不禁紅了眼眶。

「小惠。至今，妳依然是個心地善良、富有正義感，責任心比別人重一倍的好孩子。」

淚水湧上惠子的雙眼。

「兩個孩子體弱多病，妳為了不讓他們生病、受傷，養成了小心翼翼撫養他們的習慣。可是，妳仔細看看。他們都不再是那時候脆弱的孩子了。他們已經成長茁壯了。

即使跌倒，他們也有力氣自己站起來。

遇到一點小困難，應該也能自己克服了。

所以，我想妳必須為他們做的，和他們小時候已經有所不同了。

否則，以後他們跌倒，就連自己站起來的力氣都沒有了。

儘管放手，別怕失敗。孩子們是這樣，妳也是。」

彌生的話，一字一句，都打動了惠子的心。

曾幾何時，在無意識之間，她認為孩子們，還有孩子們的將來，都必須由自己來保護……也許她這樣的想法太強烈了。是的，彌生說的一點也沒錯。

沙織從小體弱多病，有異位性皮膚炎、氣喘等等過敏症，而史郎一感冒就會發高燒、痙攣，為了他們，吃的、穿的惠子都精挑細選，從盡力消除家中的灰塵，到每天寢具的乾燥和洗濯方式，無不小心翼翼，將兩個孩子帶大。真的是連片刻都不得放心。進幼稚園的時候，進小學的時候，惠子一再拜託老師，無時無刻都要仔細注意孩子的狀況。因為有很多時候其他的孩子沒事，自己的孩子卻承受不起，所以她只好這麼做。惠子總是擔心，不知道老師們有沒有仔細看顧好自己的孩子。

一切，都是為了孩子……

不，或許是為了自己。氣喘發作是自己的責任。發燒也好，沒辦法和其他孩子玩在一起也好，都是我的責任。她向來都這麼想。

丈夫也是這樣怪她。

所以，惠子被逼著必須靠自己的力量為孩子想辦法。

「老師，我……」

「沒關係，小惠。我說過好幾次，妳是個比別人更善良、更努力、責任心更重的孩子。這一點至今也沒有變。但是妳別忘了，妳的孩子們應該和妳一樣堅強哦。試著相信自己的孩子吧。

我知道，妳是克服了重重困難才有今天。而妳也有一顆深愛孩子的父母心，不希望孩子吃同樣的苦。

可是呀，小惠。

若是不讓孩子培養出遇到任何困難都設法自己克服的力量，他們就太可憐了。

再怎麼說，等妳不在了以後，他們還是必須過他們的人生呀。」

「是……」

惠子在彌生面前，像個小學生般乖巧老實。

也許彌生是唯一一個理解自己心中苦楚的人。

彌生握緊了惠子的手。

「小惠，妳不必擔心。孩子的失敗不是妳的責任。失敗對孩子們來說，是很重要的教訓。為了讓他們比現在更幸福的教訓。從他們身上奪走了失敗的機會就太可憐了。就讓他們體會種種失敗吧。這是為了讓他們長大成人之後的幸福啊。」

惠子點點頭。

「有樣東西，我想等妳來了之後送給妳。」

彌生從懷裡取出一個信封。

彌生把信封遞給惠子。

惠子擦著淚，接過信封。

「這是什麼？」

「妳打開來看看。」

信封裡，是一張門票。

「劇場的門票……是嗎？」

「對。現在正在我們這兒上演，妳不知道嗎？」

「嗯……我不知道。」

「也難怪，現在的年輕人大概不太感興趣吧，不過在我們這個年紀的人之間可是轟動了好幾天呢。明天妳就去看看吧。也許還能趕上今天下午的公演。這種事啊，越快越好。

去了之後，妳一定會想起早就忘記的重要事情的。」

惠子的視線從門票移到彌生身上。

「我忘記了的重要事情……」

彌生笑了。

「去了妳就知道了。」

和解，以及道別

家庭訪問的第二天，行程比預期的還要辛苦。

昨天在寅之助家待了很長的時間，以至於壓縮了第二天以後的行程，但即使扣除這一點，還是比一年前累得多。大概是體力衰退了吧。

「看樣子該開始運動了。」

博史自言自語地說著，往下一戶走去。

邊走邊思索著該何時打電話給黑岩史郎的母親談七海和沙織的那件事。

依照計畫，明天最後一戶訪問的便是黑岩史郎家，所以還是應該在今天之內打電話吧。

博史也覺得，與其在電話中鬧僵，不如直接見面談，才不容易產生誤會。

只是，家庭訪問是以史郎導師的身分去的，要以父親的身分談七海的事，也許會有問題。

東想西想，越想越找不到正確答案。

「總之，今晚回到家，先問七海沙織有沒有跟她聯絡再決定吧。」

博史看著地圖，趕往下一戶。

結果，博史回到家時，天都已經黑了。

整天掛在心上的，不只是必須打電話給史郎的母親這件事。還有另一件事也橫亙在心頭。那就是昨天妙的話。

今天也要家庭訪問，所以學校只上半天，但寅之助還是和平常一樣，很享受學校生活。

「這孩子是從一百七十年前來的啊……」

用這樣的眼光來看寅之助，的確很像。

長髮綁成一束的髮型也好，曬得很黑的臉蛋也好，使用現在的孩子不會說的用語也好，在他身上都顯得非常自然。現在博史知道他是因為沒有自己的衣服，才會把大人的衣服剪短來穿，也是頭一次來學校上課，所以難怪功課不好。還有，更明顯的是現在的孩子所沒有的價值觀。

博史觀察著寅之助，對於自己竟然正在尋找證據證明他是來自一百七十年前，感到很驚訝。

博史理性的頭腦雖然認為不可能有這種事，但心底某個部分卻相信妙的話。也許是因為出自於妙的口中，他才會相信的。

「如果他們真的是從過去穿越時空來的，會在什麼時候、什麼機緣下回到原來的世界呢？」

博史很在意妙所說的話。

「可能很快就會回到原本的世界了……」

一想到分別的日子很可能會突然來臨，胸口就有一種縮緊的感覺。

博史覺得，因為遇見了石場母子，身為一名教師，他迎接了新生。

他的外表沒有改變，所以其他人也許感覺不出他的變化，但自己心中其實已經發生了巨變，簡直就像重生為另一個人。

他覺得，因為妙和寅之助，從今以後，身為一個教師，他堅強得足以追求理想教育，而身為一個人，他也能夠更堅強、更開朗、更積極地活下去。

聽到客廳有聲響，七海從自己的房間出來。

「爸爸回來了啊。」

「我回來了。怎麼樣？沙織有沒有聯絡？」

七海只是搖頭。

「這樣啊……」

博史和七海面對面在餐桌旁坐下。喘了一口氣之後，博史開始說：

「七海。也許這時候說這些不是很恰當，但爸爸現在覺得非常幸福。爸爸認為經過這次的事，妳真的成長了。爸爸真的很高興。妳有了很好的經驗，認識了很好的人，得到了很好的教訓。不止這樣。妳還學會了誠實的重要、困難和勇氣。真的是一次很好的經驗。」

七海點點頭。

「如果是一般家庭，爸爸和妳兩個人去向花店的中村先生和遠山女士道歉，這樣事情就算結束了，可是很遺憾，爸爸是學校的老師。不能只有自己的孩子得到原諒就算了。而且……之前爸爸可能說過了，沙織的弟弟在爸爸班上。也就是說，沙織的母親是爸爸班上學生的家長。所以更不能讓事情就這樣算了。」

「我知道……」

看來七海打從一開始就都想清楚了。

博史擠出笑容。

「那麼，爸爸這就來打電話。爸爸來說，妳到房間去吧。」

七海點點頭，走向自己的房間。

博史拿起電話的分機，走向寢室。

關上房門，看著手裡的通訊錄，一個鍵、一個鍵地仔細按下「黑岩史郎」名字旁的號碼。

其實不用看，這個號碼他也早就記住了。

將聽筒貼在耳邊，呼了大大一口氣。

「喂……」

「我是日高七海的父親，日高博史。」

「……」

電話那一頭的聲音停頓了。

博史猜出接電話的是誰。

「沙織同學……是妳吧……」

「……」

沒有回應。

「我為什麼會打這通電話，想必七海已經告訴過妳了吧？能不能請妳媽媽來聽電話……」

博史盡可能柔聲說。

「……她不在。」

「上次她其實在家，對不對？」

「今天真的不在。她出門了，說要去看戲。」

「不在也沒關係，其實明天就是史郎同學的家庭訪問，今天不能談，就是明天見面的時候談了。」

「我媽媽真的不在……」

「我知道。所以，沙織同學……希望妳在我明天去之前，自己先跟妳媽媽說。」

「……我不知道你在說什麼。不好意思。」

卡鏘！隨著這聲音響起，電話掛掉了。

博史望著聽筒，嘆了一口氣。

然後，從床邊的書桌抽屜裡，拿出信紙。

考慮到明天和惠子鬧僵的狀況，他想先把「辭呈」寫好。

「這種天氣要去家庭訪問，好辛苦啊。」

正巧從身後經過的保健室山岸老師對博史說。

春天的暴風雨一早便降臨，風吹得雨滴斜飛。

「就是啊。還沒到學校，西裝褲就濕得連折線都沒了。鞋子也濕透了。這樣實在不好意思進學生家裡，所以雖然不好看，我還是會穿長靴去。」

博史一臉苦澀。

櫻花雖然散了，但四月的暴風雨讓身體從一早就冷透心，博史實在懶得外出。

「晚一點風雨好像會更大哦。」

「真的嗎？還好在那之前就讓學生們先放學回家了……」

「就是啊。」

博史從辦公室的窗戶仰望天空。

厚厚的雲層蓋住了整片天空，明明還不到中午，卻暗得像傍晚，辦公室已經開燈了。雲流動得很快。

博史拿著地圖站起來。

「那我要趁早去訪問了。」

「路上小心。」

今天要拜訪的最後一家是黑岩史郎家。

「照現在這個樣子，現在出去，到史郎家的時候一定是狂風暴雨吧。」

他有不祥的預感。但願和惠子不會鬧翻才好。

史郎今天也沒有上學。對此，博史也不能不談。

其實，寅之助今天也沒來學校。

他們好像沒有和學校聯絡，但打電話到根來家也沒人接。

走出伊東萌家時，雨更大了。

萌上了六年級之後，變得非常喜歡上學。

「她說，是因為來了寅之助這個轉學生。」

萌的母親這麼說。

這樣的家庭，不止伊東家一家。其他還有好幾家也這麼說。

相反的，像惠子所說的，也有幾家表示擔心轉學生來了之後的上課進度。

無論是正面的還是負面的，寅之助這個少年的影響力之大，都超乎博史的預料。

接著，就是史郎家了。

史郎家和萌家大約只有兩百公尺的距離。

史郎和萌是從小一起長大的，小時候據說兩個人很要好。然而，大約從小三起，史郎就開始捉弄萌。雖說是捉弄，就是把萌的東西藏起來、取笑她等等這些可愛的舉止，博史認為不過就是小學男生追求喜歡的女生的一種手段。史郎喜歡萌。

只是，遺憾的是，男生這種迂迴曲折的感情表達方式，在女生看來純粹就是捉弄。萌對動不動就捉弄她的史郎沒有什麼好印象，卻好像喜歡上寅之助。這對史郎是值得同情的現實，但這樣的結果若說是理所當然，也確實如此。

到了六年級，人際關係漸漸開始加入類似戀愛的情感，所以特別麻煩。

博史抵達黑岩史郎家門前時，遠方傳來「轟隆隆」的打雷聲。

「打雷？」

博史心頭一陣不安。

即使如此，都已經來到這裡了，當然沒有理由裹足不前，博史立刻按下對講機。

「喂……」

「我是上神小學的日高。」

博史向對講機的鏡頭行了一禮。

「我馬上開門。請稍等。」

門很快就開了，惠子走了出來。

「哎呀，雨下得好大呀。請進請進……。傘請放那邊。」

「不好意思……打擾了。」

博史覺得惠子的態度似乎異於以往。她的眼神不像平常那樣銳利得會射穿對方似的，表情是柔和的。

博史被帶到起居室，在餐桌的椅子上坐下。

「我這就泡咖啡。」

「不了，請不用費心……」

不等博史回答，惠子已開始準備泡咖啡。

博史也沒有硬要阻止。若沒有這段空檔，便無法開始談。他們彼此都知道，對兩人而言，這段空檔是很重要的。

咖啡豆的芳香傳來，緩和了博史的心。那不是即溶的，好像是配合博史來訪時間才磨的豆子。

「好香啊。」

惠子雖面帶緊張，還是回答了：

「我先生對咖啡很挑剔，特地向東京有名的百貨公司指定品牌，訂生的咖啡豆。不光是磨，連炒都是在家裡炒的。」

「這麼講究……」

「聽說咖啡豆炒好超過一週就會氧化得很快，味道就不醇了。我是喝不出來啦，頂多是告訴我這個豆子味道不夠醇，才會有點感覺。」

惠子苦笑著解釋。

過了一會兒，咖啡倒在漂亮咖啡杯裡送過來。

惠子把咖啡分別放在博史眼前和自己要坐的位子之前，自己也隔著餐桌在博史對面坐下來。

「那麼，我就不客氣了。」

說完，博史將咖啡端到嘴邊，這時候惠子主動開口了。

「日高老師。」

「……啊，是。」

博史連忙把咖啡杯放回咖啡碟上。的確很好喝。

「我是家長會的副會長。」

「是的……」

「為了孩子們，為了學校，我自認為一直勤勤懇懇地擔任這個職務。所以，我也不怕與老師們有所衝突。因為如果我怕起衝突，不敢對老師們暢所欲言，學校就不會改進，這麼一來，在學校裡受教育的孩子們將來就會吃苦。這麼一想，我也不管是不是會被討厭，或是別人對我怎麼想，認為該說的就說。」

「是……」

博史越來越緊張，背脊挺得很直。

「可是，我好像錯了……」

「是……？」

儘管有些不自然，惠子還是露出了放鬆的笑容。

「可能是因為我一直希望讓孩子們在最好的、沒有任何問題的環境裡學習，認為替他們打造好那樣的環境是父母的義務。我以為避免讓孩子在身、心上受傷是父母的責任。所以，我一心認為不可以讓孩子們受傷、不可以讓孩子們失敗，不知不覺間，就忘了學校生活本來的目的。」

惠子的表情平靜得像是剛收過驚一樣。博史對她的變化不知該如何反應。

「對不起啊。我是個傻媽媽。請老師別見怪。」

惠子低頭行禮。

「哪裡……黑岩太太。那個，請別這樣，請抬起頭來。」

博史是抱著對決的決心來的，現在卻不知該怎麼接話，亂了陣腳。

「看樣子，因為我太寵，讓史郎變成一個任性的孩子，事事都要順他的意，否則就不滿意。他在學校也是這樣嗎？」

「呃……這個，確實是有這樣的情形，但這個年紀的孩子多少都會這樣，所以……並不是只有史郎特別任性……」

「是嗎。謝謝老師。史郎雖然有很多不當之處，還請老師多多指導。」

「啊……好的……我才要請黑岩太太多指教。不過，史郎他今天也沒有去上學……」

「哦，昨天他說不想去，雖然自知這樣會寵壞小孩，我還是讓他請假了。今天其實……可以硬逼他去上學的，但是我要他請假……」

「是不是身體不舒服……」

「不是的。他沒事。明天我就會要他好好上學。」

「現在可以和史郎談談嗎？」

「其實，我要他出去幫忙辦點事。風雨這麼大，待會兒我還得去接他。」

沒上學，是要他去補習了嗎？即使如此，博史還是決定不要再繼續追問。他不想破壞這意料之外的和平氣氛。

「是嗎……那我知道了。」

談話告一段落，博史喝了咖啡。

雨風更大了。同時也感覺得出雷聲漸漸靠近。窗外的閃電與隨後響起的隆隆聲之間的間隔越來越短。

博史還必須談另一件事。

惠子喝了一口咖啡，博史看準她的杯子離開了嘴邊的那一刻，開口說：

「黑岩太太。其實，我今天還有另一件事……」

「是的……什麼事呢？」

「其實，我有一個女兒，和史郎的姊姊同班，您知道嗎？」

「是嗎？我不知道。真不好意思。應該要多了解女兒一些的。」

「哪裡，我想一般都是這樣的。說來丟臉，除了沙織同學，我也不知道女兒班上還有哪些同學。」

「那麼，是沙織她……對老師的女兒做了什麼嗎？」

「沙織同學她……應該是說，她和我女兒兩個人一起……」

聽到這裡，惠子露出好像想到什麼的表情，大大呼了一口氣。然後緩緩點了好幾次頭。

「其實，我女兒七海本來和沙織同學上同一家補習班。然後有一天……」

「兩個人蹺課沒去補習，喝了啤酒，去神社看有沒有鬼，差點出車禍，然後嚇得跑掉……」

「您都知道了？」

惠子搖搖頭。

「我不知道。」

博史偏著頭感到不解。

「我只知道發生了這些事，但具體的內容我什麼都不知道。我也不知道和沙織在一起的朋友是老師的女兒。」

「這樣啊……」

博史小聲說。

「謝謝您告訴我。真的很丟臉，我一點都不知道。」

「我也一樣。假如不是女兒主動認錯，我對她是不是去補習班上課一點也不關心……然後，我女兒她說……想和沙織同學一起去道歉……」

「是啊。我也想叫她去。」

「是，我也打算一起去。」

「只是，可以請老師再等一下嗎？很遺憾，女兒還沒有跟我談這件事。如果可以的話，我想找時間和她單獨談談……」

「當然可以。」

博史對事情奇跡般的順利感到雀躍不已。

雖然不知道發生了什麼事，但他萬萬沒想到事情會如此順利。

在黑岩家的門口穿好靴子，博史很想問惠子。

「黑岩太太，我知道這很唐突，不過可以請教您一件事嗎？」

「什麼事？」

「您為什麼會突然認為自己『好像錯了』？」

惠子笑了。

「老師，您喜歡看戲嗎？」

「看戲……是嗎？」

「是的。看戲。我看了一齣戲，想起了我早已忘懷的重要事情。」

「哦，原來如此。啊，您說的是不是現在來到我們這裡的劇團？那我知道。因為我母親迷上了看戲，去了好幾次。這樣啊，既然是這麼好的戲，我應該找時間去看看才是。」

博史自言自語般說。

「是啊，也許日高老師也應該去看看。我記得今天是最後一天。」

「好的。如果抽得出時間，我會去看看。」

說是這麼說，但博史畢竟對戲劇不感興趣。而且今晚也一定會忙得沒時間去。

來到門外。四周已經全黑了。

「謝謝您。」

博史行了一禮。

「路上小心。」

惠子指著天空說。

「好的。」

回完話，博史猛地跳進雨中，小跑著離開。

天氣很糟，博史的心情卻好極了。

就在這時候，在一陣彷彿來自地底的雷鳴的同時，一道閃電在博史視線前方劃過，

「轟——！」

發出好大的聲響。

「喔喔……剛才那個雷打到地上了吧。」

博史朝閃電的盡頭看。

「那個方向……應該是……惠比神……」

博史想起妙的話。

風雨之夜，打雷，惠比神，不久……

「難道……」

博史連忙拔腿朝惠比神跑過去。

在傾盆大雨中，博史渾身濕透地抵達了惠比神。

他覺得撐傘毫無意義，收了傘。

惠比神前人影全無。

博史從公園入口朝惠比神的建築走過去。

在功德箱前發現一條眼熟的繩子。

很像寅之助用來綁頭髮的。

博史拿起那條繩子，繞了惠比神一圈，尋找寅之助和妙的蹤跡，卻一無所獲。

博史心中感到莫名的不安，離開了惠比神。雙腿自然而然走向根來太郎家。

一到根來家，博史自行進了大門，橫越庭院走向小屋。四周已經全黑，但小屋裡卻不見燈光。

本想伸手拉開拉門的，但博史放棄了。

拉門從外面上了鎖。裡面沒有人。

博史走向主屋。

「有人在嗎？」

他大喊，敲入口的拉門。

裡面走廊的燈一亮，就看到人影靠近，從內側開了門。

根來站在門口。

「怎麼啦，老師？你全身都濕了……」

「根來先生，寅之助和他母親呢？」

「他們兩位踏上旅途了。」

「踏上旅途……您是說回到原來的時代了嗎？」

「……」

根來沒有回答，露出微笑。

「您的意思是，再也見不到他們了嗎？」

「這就難說了。也許會再見面也說不定，但我也不知道。」

博史彷彿全身脫力，呆立在當場。

根來拿傘幫他擋雨。

「再淋雨，會把身子搞壞的。」

博史沒有接傘，只行了一禮便離開了。

只覺自己好像獨自漫遊在莫名的夢境中一般，雙腳踏不到地面。

腦中一團混亂，拖著腳步走回家時，不知為何淚水滾滾而下。

自己也不明白為什麼。

在雨的掩護之下，博史邊走邊任憑淚水奔流。

第二天早上，母親信子告訴博史，惠子曾經來電。

博史聽到電話聲，卻起不來。

前一天不斷淋著宛如寒冬冷冽的春雨，博史發高燒，無法起床。

只好請假沒去上班。

七海很高興，說沙織向她媽媽坦白了。

「我好怕，可是幸好有跟媽媽說。七海，謝謝妳。」

七海說她收到這樣的簡訊，還拿給博史看。

一早就很不開心的是母親信子，只見她頻頻嘆氣。

那樣子就好像一大把年紀了還談戀愛似的。

博史在被窩裡和寒意交戰，滿腦子掛念著寅之助。他總覺得如果現在到學校去，寅之助應該會一如往常地出現在那裡。

第二天博史去上班，問起前一天的狀況。

「和平常一樣啊。」

他忍不住懷疑自己的耳朵。

「呃，那個……石場寅之助呢……」

「哦，校長說他突然轉學了。」

是怎麼處理的，博史毫無頭緒，但昨天根來太郎也來過學校了。

博史走向自己的班級。

除了少了寅之助，這一天的開始的確和以往沒有什麼兩樣。

史郎也回學校上課了。

史郎看來比以前開朗了。和身邊的朋友之間的關係也不錯。

博史注意到，已經沒有學生說起惠比神鬧鬼的事了。

「那些事情真的發生過嗎？真的有過寅之助這個學生吧……」

眼前的日常生活平靜得讓博史懷疑起自己經歷過的事。

博史覺得自己的記憶不可靠，便向掃除時剛好就在近前的伊東萌問起：

「不知道寅之助現在在做些什麼……」

萌笑著說：

「現在大概在和數學題目苦戰吧？」

聽到這個回答，博史才總算能夠確定關於寅之助和妙的記憶不是自己的幻覺。

清澈的藍天中，雪白的雲朵隨風飄動，令人不敢相信昨天曾經颳過那麼大的風雨。

博史仰望天空。

「買些荻餅，供奉給惠比神吧。」

尾聲

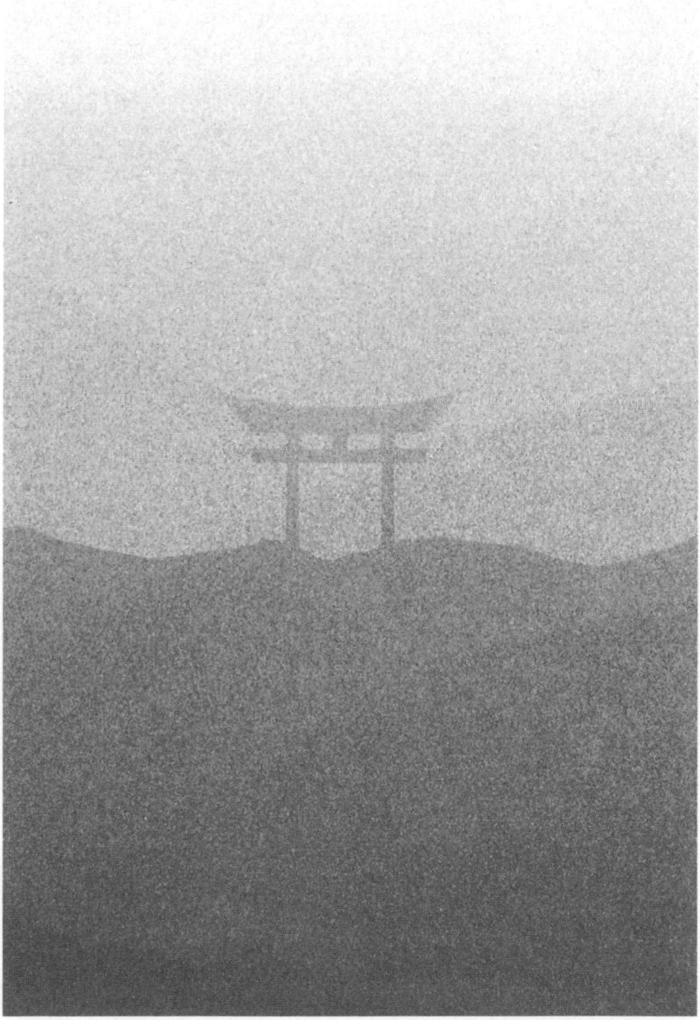

「媽，久等了。」

在狂風暴雨之中，寅之助回來了。

「都好了？」

「嗯。」

寅之助鑽進卡車駕駛座與前座之間，坐下來。

坐在前座的妙對駕駛說：

「那，開車吧。」

卡車載著劇團的道具、服裝等全副家當，開始移動。

「這裡的學校很有意思，真想待久一點。」

「是嗎，對不起呀。這裡的公民館我們只租到兩週。下個地方我們可以待半年，應該會稍微安定一點的。」

妙回答。

「和朋友和好了嗎？」

「嗯。他特地來跟我說謝謝。」

寅之助想起才剛道別的史郎的臉。

「不過，假裝江戶時代的人真有趣。日高老師相信了嗎？其實我把這次戲裡用的台詞原封不動說出來，因為太文言了，自己講一講都覺得很怪。老師可能發現了吧……」

「還好吧？我本來想說他一直都沒發現，就假裝到他發現為止好了，結果一直到最後，都沒有跟他說出真相。」

像家庭訪問那時候，媽媽忍笑忍得好難過。不過心裡想著要是這時候笑出來，就不配當演員，才總算忍過去了。

不過，我想他應該不久就會知道的吧……。那個婆婆不是幾乎每天都來嗎？她就是日高老師的媽媽。」

「是喔？她每次都坐最前面，眼睛裡都有愛心呢！」

寅之助笑了。

「不過，媽，妳怎麼會想要演穿越時空的母子？」

「我想說，不知道日高老師記不記得媽媽。不過，如果不是根來先生那麼起勁，媽媽本來是想演一天就好的。」

「媽媽以前就認識日高老師喔？」

「算是。所以確定要來這裡的時候，根來先生就跟媽媽說了，說博史現在在當老師，正好是六年級的級任，搞不好可以安排他教寅之助。所以，媽媽就想來惡作劇一下。沒想到他一直沒看穿，就這樣演下去，連我自己都好笑。你那身打扮啊，我頭一次遇到博史的時候，他就是那樣穿的。」

「是喔？為什麼？」

「博史那時候不住這裡，是放暑假到外婆家玩。那時候他好像才剛去河邊玩，自己的衣服弄濕了，只好穿外公的衣服。」

「講話、動作什麼的，是可以當作時代劇的練習，可是穿著那身衣服喔，真的很冷耶。」

妙笑了。

「身體就是這樣鍛鍊出來的呀。」

「是是是……」

卡車開上高速公路，因為雨太大，無法加速。

這附近地勢較高，若是晴天，應該可以眺望市區的夜景，可惜因為風雨看不清楚。

即使如此，妙還是以愛憐的眼神痴痴地望著充滿回憶的地方。

「寅……」

「什麼？」

「人家不是常說，自己是人生的主角嗎？媽媽也這麼認為。

可是，不只是主角而已哦，自己也可以是導演，劇本也可以自己寫。要演出什麼樣的自己，要有什麼樣的人生，都可以自己決定。

不必限定自己當那種找比自己弱的人、欺負他們的遜咖。既然要活，就要當一個在任何逆境中都不服輸，堅強、開朗又美麗的人。我們要演這樣的人。人生這個舞台，只有一次。既然要演，不從頭到尾演最酷的主角就太可惜了。」

「對啊，我這次很入戲，每天都以角色的身分在過，覺得自己好像真的成了那個人。」

「可不是嗎。這就代表，你可以隨時成為你想當的那個人。」

「嗯。我覺得我好像懂了。」

「這次，我真的也學到很多東西。來這裡之前我不是說過嗎？我想這一行就做到今年為止好了。我一直認定流浪劇團這種行業，在這個時代無論如何都是行不通的。又不能叫你繼承這個工作。可是，媽媽和日高先生還有以前的朋友見面聊過以後，又覺得想再試試看。」

寅之助很高興地點頭。

「不過，媽，我看有點難吧。」

「怎麼說？」

「江戶時代的人大概不到二十歲就生小孩了吧？這樣的話，我十一歲……」

「啊啊……寅之助！你是繞著圈子說我老喔！」

「我沒有說，可是媽妳再怎麼樣都不像不到三十啊。一定會露出馬腳的啦。」

「怎樣，四十二歲不行喔！」

一九八二，夏

「哦，原來阿妙妳們全家人要巡迴全國啊，好好喔。」

惠子坐在惠比神的樓梯上說。手裡拿著書法用具。她剛才才去過書法教室。

「一點都不好。不管到哪個地方，學校上不了幾天就要轉學。又交不到半個朋友，每天都是排練、排練、排練。」

妙一臉無趣的樣子。

「阿妙，我們是朋友呀。」

「謝謝妳，小惠。可是……我也只有暑假期間能待在這裡。」

「沒關係。我絕對不會忘記阿妙的。」

妙高興地點點頭。

「對了，小惠，妳來看戲嘛。雖然我們的戲都有點老掉牙，不過我會跟我爸講，請他幫我準備朋友席。」

「真的嗎！那我一定要去！對了對了，我的書法老師也說想去看，那我也約約看喔。」

妙和惠子四手互握的那一瞬間，一群八個人的男生把腳踏車停在惠比神的公園入口，正要進來。

「我們在這裡用皮球打棒球吧！」

說話的人，看到坐在惠比神樓梯上的妙和惠子，指著他們。

「啊！那個穿和服的，是巡迴劇團的小孩。我看到了，她家很窮，沒有房子住，都住在卡車上。」

妙穿的是浴衣，但對小孩子來說，浴衣和和服是一樣的。

所有人都笑了。

惠子站起來，張開雙手擋在阿妙身前。

「你們這些人，不可以因為別人的家境和職業就取笑別人。」

惠子說完，剛才那個男生就繼續說：

「阿憲，阿憲，就是她啦，上次跟你說的那個女生。她是鈴木春男的女兒，跩得要命，動不動就跑去跟老師告狀。」

「誰叫你們要做會被告狀的事！」

「囉嗦！」

其中一個男生推了惠子的肩膀。

惠子失去平衡，跌坐在地上。

那群男生一起大笑，然後又齊聲大喊：

「鈴木春男，請支持鈴木春男！」

惠子氣惱得紅了眼眶。

那個叫作阿憲的頭頭來到惠比神樓梯近前，把臉湊到妙旁邊。

「聞起來好窮酸。走開！這裡是我們的地盤。」

妙縮著頭向後退，差點就快和惠子一樣跌坐在樓梯上。

就在這時候，有個少年從後面扶住她的肩膀。

博史覺得妙身上的浴衣發出微微的幽香。

「你們一大群人欺負兩個女生，真是不要臉。」

博史才說完，就往那個阿憲的胸口一踢，把他踢飛。

阿憲往後跌，背撞上樓梯下方的鳥居的柱子，痛得喘不過氣來。

博史趁勝追擊，立刻衝下樓梯，騎在阿憲身上。

就在這時候，另一個男生拿塑膠製的球棒，往博史的頭敲。

「啵叩——！」

清脆的聲音響起後，鮮血從博史的左眉滴落。

因為血流得太多，打人的反而嚇得倒退。

「我……我去找人過來。」

說完，惠子便朝公園外全力疾奔。

八個人中，有一半已經準備開溜了。

「大事不妙。走吧……」

博史不理滴下來的血，抓住阿憲的胸襟，不斷大喊同一句話：

「向她道歉！」

而阿憲則是大喊：

「血會滴到我，走開！血會滴到我，走開！」

雙方都不斷重複同一句話。

阿憲沒有如願，衣服沾上了博史的左眉滴落的血。

一雙大手輕輕抓住博史的肩。

「可以了。」

是惠子帶來的根來太郎。

根來將兩個人分開，罵那群少年沒有男子氣概，要他們道歉。

孩子們縮著頭，一一道歉。

惠子雙手架在胸前，冷眼看著他們。

妙一直低著頭，但很擔心博史的傷勢，不斷偷瞄。

那群少年夾著尾巴走了之後，根來叫博史給他看看傷口。

「這個要縫啊。你馬上到醫院去。」

「請問，會留疤嗎？」

妙問。

「嗯，八成會。」

阿妙和惠子對看一眼，不知該說什麼。

「男生怎麼可能不留個疤就長大呢，你說是不是啊，弟弟。」

博史得意地笑了，用力點頭。

「這個疤會留一輩子吧。不過，對你來說，這是你在緊要關頭沒有逃走、沒有視而不見的證明。等你長大以後，想逃走、想視而不見的時候，看到這個傷疤就會想起來哦。

你會想到：我不會逃避，我是個有勇氣面對的人。今天的你，堅強、善良，而且很美。伯伯也從你身上學到，一定要變成像你這樣的大人。伯伯真的打從心裡感謝你。謝謝。所以，你也不要忘記啊，要成為一個堅強、善良又美麗的大人。」

昂然而立的博史身後，是一片湛藍的夏日晴空。

堅強、善良而又美麗，看著那有如大樹般挺立的站姿，眼淚從妙眼中奪眶而出。

後記

我常把人生比喻為一個人以一生來演出的一場大戲。

主角當然就是自己。劇本和演員或許無法自行決定，但導演是自己，也可以自行脫稿演出。人生不就是這樣嗎。

很多人都希望人生這齣戲的故事風平浪靜，步步走向幸福，但除了自己以外的劇作家，總是不肯讓劇情這樣發展。為了豐富劇情，必須讓主角經歷大大小小種種困難才行。

要怎麼面對，要演出什麼樣的角色，一切都看身兼主角與導演的自己。

既然要演，當然要演出自己的理想。

我是這麼認為的。

既不能拿兩場不同戲劇的主角來比較、判定哪一個比較幸福，這麼做也毫無意義。

每一個人出生地不同，所處的環境也不同。發生的事不同，要克服的困難也不同。只要自認為幸福，無論別人怎麼說都是幸福的，要是認為自己不幸，就算過的是人人稱羨的人生，也說不出幸福這兩個字。從這一點來看，過去的孩子和現在的孩子，同樣是不能比較的。

即使如此，有些事情還是會因為時代的對比而顯現出來。

那便是，以前的人再怎麼希望也得不到的東西，現代卻理所當然地充斥在我們的生活中。不僅如此，我們身邊也理所當然地充滿了以前的人無法想像、方便無比的事物。一旦知道為了得到這些理所當然，過去的人做了多大的犧牲和努力，我們在享受這些事物時便不能不心存感激。

近幾十年，堪稱過去的歷史中最為和平、富裕、自由，充滿可能性，不必擔心饑饉且治安良好的時代。無論從這些觀點中的哪一點來看，要找出比日本更優越的國家都很困難，而我們就生活在如此「值得感恩」的環境中。儘管如此，卻有不少人認為自己不「幸福」。

他們將這個狀態視為「理所當然」。

認為比現在更好是「理所當然」，對現在失去了「感恩的心」。一旦忘記「感恩的心」，即使得到了一切，依然感到有所不足，而這種不滿的想法就會演變為「理所當然」。

而正因為處於這樣的「現在」，「教育」更加重要。無論如何我們都必須要有一個「場所」，來教導大家世界上還有比賺錢的捷徑更重要的事。

我要說的不是以前的教育完全不行、現在的教育才是對的，或是反過來說以前有多好，現在全錯。但是，至少，能夠感覺到現在很「幸福」的「感恩的心」，還有無論發生什麼事都積極正面地活下去的「堅強」，我認為過去的教育方式傳達得比現今的教育更透徹。

我認為，如果我們能夠從中學習，思考如何運用在現今的教育之中，那麼也許我們就能夠讓幸福的人聚在一起，形成幸福的地方。

話雖如此，我壓根兒也沒有透過這部作品來「指出現代教育的問題……」這樣的念頭。希望大家純粹以「娛樂小說」來享受閱讀。事實上，裡面描繪了很多真正的教育現場不可能會發生的事，我也知道真正的校長幾乎人人都是認真在為學校著想。即使如此，如果看了這個故事，國高中生（大人也一樣）能好奇「接下來會怎麼樣呢？」而往下繼續翻，我真的會非常高興。

這是因為，身為作者這麼說也很可笑，但就「娛樂小說」而言，故事中並沒有發生什麼大事。

人們總說時下年輕人追求刺激，沒有一連串的殘忍畫面或魄力十足的爆破場面就沒有緊張感，但我不這麼認為。這麼說好了，雖然是不對的，但瞞著爸媽光是偷喝一口啤酒就因為罪惡感而胃痛，這樣的劇情，一旦將自己與出場人物同化就足以令人心跳加速了。我認為我們心底還是存在著這樣的「老實」的。我也認為，有這種能讓我們對日常生活中種種小事心跳加速的小說是很重要的。

而且，姑且不論我的用意，如果讀者能從本書中找到一句話作為現在的自己「生活的力量」，會更加令人開心。

就如同天下沒有萬靈丹，能救某一個病人的藥，其他人吃下去可能會中毒。

我不期待自己的作品能成為所有人的「生活的力量」。可是，我想這部作品一定能成為某些人在人生路上前進的動力。我由衷希望，這些人能夠遇見《轉學生的惡作劇：穿越時空找回勇氣的成長冒險旅程》這部作品。我在寫作時，總是在作品中灌注著「要送到那些人手上！」的意念。

最後，這本書的問世，我要感謝Sunmark出版社的鈴木七沖先生，我在聰明舍的學生們，還有手繰悠一先生，真的幫了我很多忙。謝謝大家。

還有，總是支持我的聰明舍同仁，以及我的家人，我要藉這個機會表達我的心意。謝謝。由衷感謝大家。

二〇一二年十一月

筆者書

人間模樣 35

轉學生的惡作劇

穿越時空找回勇氣的成長冒險旅程（暢銷紀念版）

作　者　喜多川泰
譯　者　劉姿君

野人文化股份有限公司		讀書共和國出版集團	
社長	張瑩瑩	社長	郭重興
總編輯	蔡麗真	發行人兼出版總監	曾大福
主編	鄭淑慧	業務平臺總經理	李雪麗
責編	徐子涵	業務平臺副總經理	李復民
行銷企劃	林麗紅	實體通路協理	林詩富
封面設計	莊謹銘	網路暨海外通路協理	張鑫峰
版型設計	綠貝殼工作室	特販通路協理	陳綺瑩
內頁排版	綠貝殼工作室	印務	黃禮賢、李孟儒

出　版　野人文化股份有限公司
發　行　遠足文化事業股份有限公司
地址：231新北市新店區民權路108-2號9樓
電話：（02）2218-1417　傳真：（02）8667-1065
電子信箱：service@bookrep.com.tw
網址：www.bookrep.com.tw
郵撥帳號：19504465遠足文化事業股份有限公司
客服專線：0800-221-029
法律顧問　華洋法律事務所　蘇文生律師
印　製　成陽印刷股份有限公司
初版首刷　2015年01月
二版首刷　2020年07月

歡迎團體訂購，另有優惠，請洽業務部（02）22181417分機1124、1135

國家圖書館出版品預行編目資料

轉學生的惡作劇：穿越時空找回勇氣的成長冒險旅程 / 喜多川泰著；劉姿君譯 . -- 二版 . -- 新北市：野人文化出版：遠足文化發行，2020.07
面；　公分 . --（人間模樣；35）
ISBN 978-986-384-439-6(平裝)

861.57　　109008967

野人文化 官方網頁　野人文化 讀者回函

轉學生的惡作劇

線上讀者回函專用 QR CODE，你的寶貴意見，將是我們進步的最大動力。

廣告回函
板橋郵政管理局登記證
板橋廣字第143號

郵資已付　免貼郵票

231
新北市新店區民權路108-2號9樓
野人文化股份有限公司 收

請沿線撕下對折寄回

轉學生的惡作劇
穿越時空找回勇氣的成長冒險旅程

書號：ONJP0035

野人

野人文化　讀者回函卡

感謝購買《轉學生的惡作劇　穿越時空找回勇氣的成長冒險旅程》，煩請費心填寫

姓　名 ________________ □女□男　　年齡 ______

地　址 ________________________________

____

電　話 ________________ 手機 ________________

Email ________________________________

□同意　□不同意　收到野人文化新書電子報

學　歷　□國中（含以下）□高中職　□大專　□研究所以上

職　業　□生產／製造　□金融／商業　□傳播／廣告　□軍警／公務員
□教育／文化　□旅遊／運輸　□醫療／保健　□仲介／服務
□學生　□自由／家管　□其他

請沿線撕下對折寄回

◆你從何處知道此書？

□書店　□書訊　□書評　□報紙　□廣播　□電視　□網路　□廣告DM　□親友介紹　□其他

◆你通常以何種方式購書？

□逛書店　□網路　□郵購　□劃撥　□信用卡傳真　□其他

◆你的閱讀習慣：

□百科　□生態　□文學　□藝術　□社會科學　□地理地圖　□民俗采風　□休閒生活
□圖鑑　□歷史　□建築　□傳記　□自然科學　□戲劇舞蹈　□宗教哲學　□其他

◆你對本書的評價：（請填代號，1. 非常滿意　2. 滿意　3. 尚可　4. 待改進）

書名____封面設計____版面編排____印刷____內容____整體評價____

◆你對本書的建議：

____

____

____

____

野人文化部落格

野人文化粉絲專頁

野人文化部落格
http://yeren.pixnet.net/blog

野人文化粉絲專頁
http://www.facebook.com/yerenpublish

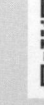